FOLIO JUNIOR

© Éditions Gallimard, 1992, pour le texte et les illustrations
© Éditions Gallimard Jeunesse, 1997, pour la présente édition

L'homme des vagues

de Hugo Verlomme
illustrations de Marc Lagarde

Gallimard Jeunesse

CHAPITRE PREMIER

POUR LA PREMIÈRE FOIS, KEVIN PARTAIT EN VACANCES D'ÉTÉ SANS SES PARENTS.

« Tu es presque un homme à présent, lui avait dit son père sur le quai de la gare d'Austerlitz, tu te débrouilleras très bien sans nous ! »

Le train de nuit aurait aussi bien pu emmener Kevin au bout du monde, en Sibérie ou au Kamtchatka ; jamais il ne s'était senti aussi seul. Ce voyage paraissait immense, interminable ; Kevin se retournait sur sa couchette sans parvenir à trouver le sommeil.

Il se leva, prit un petit étui de cuir dans son sac et s'en fut au bout du wagon, près de la porte, là où personne ne pourrait l'entendre. « Tu es ma seule amie », murmura-t-il à la petite flûte traversière en la sortant de l'étui. Dans ses accès de solitude, Kevin jouait des mélodies mélancoliques sur sa flûte de bambou.

Le train arriva en gare de Bayonne au petit matin. Sa tante Lise et son cousin Joël l'attendaient sur le quai. Dans la voiture, ils parlèrent de tout et de rien. Au bout de quelques kilomètres, ils traversèrent une belle forêt de pins. Kevin baissa sa vitre ; l'air sentait bon la résine. Il n'était venu dans les Landes qu'une seule fois auparavant, à l'âge de sept ans. Et pourtant le paysage avait la beauté des souvenirs d'enfance. Enfin, ils traversèrent Hossegor endormi, passèrent le pont au-dessus du canal et suivirent de petites rues calmes jusqu'à l'entrée de la grande maison familiale cachée parmi les pins et les mimosas. Elle s'appelait « Uhaïna ».

– Ça veut dire « vague » en langue basque, expliqua Joël avec une étincelle dans le regard.

Kevin comprit l'allusion lorsqu'il pénétra dans la chambre de son cousin. Les murs étaient tapissés de posters et de photos représentant des vagues énormes et des surfers.

– Tu vas partager la chambre de Joël, dit sa tante. Avec toutes ces photos, tu vas certainement rêver de vagues !

Joël, qui passait chaque été à Hossegor, pratiquait le surf depuis l'âge de huit ans. Il venait d'en avoir dix-sept.

– Tu vois cette photo, dit-il à Kevin, elle a été prise à Waïmea. C'est une plage d'Hawaii où déferlent les plus grosses vagues du monde. Regarde ce « tube » !

– Ce quoi ?

– Ce tube ! C'est le cœur de la vague. Le rêve de tous les surfers.

Joël en devenait lyrique.

A l'intérieur de la caverne liquide, un surfer glissait, accroupi sur sa planche.

– Et ici, demanda Kevin troublé, il y a aussi des grosses vagues comme ça ?

– Des comme ça, non. Ou alors, très rarement. Mais il y a souvent de belles vagues quand même, tu vas voir. Allez, viens. Je t'emmène, c'est la bonne heure.

La dune était proche. Ils suivirent une vieille route en béton toute craquelée. Joël s'arrêtait de temps en temps pour écouter le grondement lointain du ressac, pour observer le vent. Il trépignait d'impatience. Tous les matins de bonne heure, il grimpait sur la dune pour voir à quoi ressemblaient les vagues du jour.

– Souvent le matin il y a un bon petit vent d'est qui soulève le *swell*.

– Le... swell, répéta Kevin, soucieux d'utiliser ce nouveau mot.

– Le swell, la vague, quoi.

Joël prit de l'élan pour grimper sur la dune.

– Attention aux chardons ! cria-t-il.

Le bruit des vagues devenait de plus en plus fort, tels les battements de cœur d'un monstre marin. En haut de la dune, essoufflé, Kevin découvrit la Côte sauvage qui portait si bien son nom.

Dans l'odeur évocatrice des embruns s'étendait cette longue bande de sable battue par vents, vagues et marées, et là-bas, perchée de guingois dans le sable, on apercevait la silhouette d'un vieux blockhaus. On sentait battre toute la force des océans. Les dunes elles-mêmes, sculptées par les vents, avaient des formes de vagues figées. Quelques ajoncs ployés s'efforçaient en vain de retenir le sable. Mais le vrai spectacle, c'était les vagues qui déferlaient au loin. Kevin n'en avait jamais vu de semblables.

Lisses et blanches, elles se déroulaient avec une symétrie digne des plus beaux ballets, leur chevelure d'écume impeccablement coiffée par le vent. Joël poussait de petits cris de joie. C'était un beau jour pour le surf.

Sortis de nulle part, deux garçons arrivèrent en montrant joyeusement les vagues. Thierry et Sylvain, deux amis de Joël. Thierry, enfant du pays landais, portait des cheveux longs décolorés par le soleil et la mer. Sylvain venait de Bordeaux, il avait les cheveux coupés très court. Kevin remarqua aussi leurs épaules arrondies, leurs pectoraux. Lui, petit Parisien, n'avait rien d'un athlète.

Ils parlaient des vagues avec enthousiasme. Pour Kevin, leur langage était parfaitement incompréhensible.

– Regarde bien la troisième de la série, commentait Thierry avec son accent du Sud-Ouest, c'est une gauche presque parfaite !

– Ouais, mais ça bouillonne quand même, dit Sylvain.

– Elles vont se creuser avec la marée si le vent reste *offshore*, poursuivit Joël.

Sans plus perdre de temps, ils allèrent chercher leurs planches. Joël promit à Kevin de lui en trouver une vieille sur laquelle il pourrait apprendre à surfer. Pour ce matin, il devrait se contenter de les regarder.

Ce qui, d'ailleurs, lui convenait bien. Après sa nuit agitée dans le train, il ne se sentait pas le courage d'affronter des eaux si turbulentes. Il s'installa sur la plage avec un livre et sa flûte tandis que les surfers se mettaient à l'eau.

Admiratif, il les vit affronter la barre d'écume, allongés sur leurs frêles embarcations, ramant avec leurs bras, jusqu'au moment où ils se trouvaient enfin de l'autre côté, là où se forment les vagues.

Autour de Kevin, les premiers estivants de la journée arrivaient paresseusement. Il ne les remarqua pas. Le dos chauffé par le soleil matinal, il ne pouvait détacher son regard des vagues si gracieuses, toujours recommencées, sur lesquelles les trois surfers évoluaient de manière acrobatique. Il sursauta lorsqu'une voix douce lui demanda :

– Bonjour, ils sont à l'eau depuis longtemps ?

Encore ébloui d'avoir trop regardé la mer, Kevin ne distinguait qu'une forme, une ondine aux longs cheveux d'un blond cendré. Il bredouilla :

– Euh… euh…
– Pardon de t'avoir fait peur !

Elle était sportive, avec un nez assez long et pointu, quelques taches de rousseur sur les pommettes et surtout des yeux d'un bleu intense.

– Je m'appelle Floria. Je suis une amie de Joël. Et toi tu es Kevin, n'est-ce pas ?

– Oui… je suis arrivé de Paris ce matin.

– Je sais, dit-elle en souriant, Joël nous avait prévenus. Tu es son cousin, et tu vas rester ici tout l'été parce que…

Elle s'était soudain interrompue.

– … parce que mes parents viennent de divorcer… termina Kevin en baissant les yeux.

En silence, ils regardèrent Thierry qui, lancé à toute vitesse sur le flanc de la vague, amorçait un tournant serré dans une gerbe d'écume.

– Ils sont fortiches, reconnut Kevin. Toi aussi tu fais du surf, Floria ?

– Moi ? J'en ai fait un peu… j'aime bien. Mais je préfère quand même la planche à voile. Et toi, tu as envie d'essayer ?

– Je… je ne sais pas… j'imagine que oui !

– Joël voudra sûrement t'apprendre. Tu verras, au début tu risques de tomber souvent, mais il ne faudra pas te décourager : dès que tu auras couru ta première vague, tu voudras recommencer.

Trois autres surfers arrivèrent, leurs planches colorées sous le bras, scrutant les vagues. Ils saluèrent Floria.

– Ils sont à l'eau depuis quand ?

– Depuis neuf heures du matin environ, répondit Kevin.

– Est-ce que le swell a grossi ? demanda le plus grand.

– Euh… hésita Kevin. Plutôt, oui, je crois.

Ils se mirent à frotter des morceaux de paraffine sur la surface de leur planche.

– C'est pour ne pas glisser, lui souffla Floria.

Kevin contempla les planches de près. Petites, effilées, elles se terminaient par des dérives en forme d'aileron de dauphin. Elles étaient décorées de dessins colorés, représentant des soleils, des vagues, des palmiers. Impatients, ils se mirent à courir vers la grève en poussant des cris d'Indiens.

– Avant midi, ils seront au moins quinze sur les mêmes vagues, commenta Floria. C'est un peu dommage, dès qu'il y a de belles vagues à un *spot**, ça devient un vrai embouteillage… Avec la planche à voile, c'est différent. On peut très vite prendre le large et s'éloigner de la foule.

Autour d'eux les vacanciers devenaient de plus en plus nombreux au fur et à mesure que s'élevait le soleil. Ils se trouvaient à environ quatre cents mètres de la baignade surveillée, près de l'épi rocheux. Floria suivit son regard :

– Là-bas, c'est la Grenouillère, enfin, nous on l'appelle comme ça. Je crois que je vais aller faire un peu de planche.

Kevin observait le pavillon vert ondulant dans le vent de terre :

– Aujourd'hui, avec le vent d'est qui souffle, il vaut mieux se méfier.

– Oui. En principe tu as raison, répondit Floria piquée au vif, c'est un vent qui pousse au large. Mais ici, le vent d'est du matin tourne presque toujours avant midi.

– Presque ?

---

* Pour les surfers, le spot est un point précis de la côte où déferlent les meilleures vagues.

Ils se toisèrent un instant, fiers, émus. Au bou[t d'un] moment, Floria lui demanda :

– Tu as déjà fait de la planche à voile ?

– Oui, un peu, en Méditerranée. Là-bas, le vent est très capricieux, il tourne ou tombe pour un rien.

Floria le regardait maintenant avec chaleur. Elle désigna le petit étui près du livre :

– Et ça, qu'est-ce que c'est ?

Pour toute réponse, Kevin ouvrit l'étui et en sortit la flûte de bambou.

– Tu sais en jouer ? C'est toi qui l'as faite ?

– Oui.

– Oui ?

Un sourire aux lèvres, sa tignasse soulevée par le vent, le regard soudain inspiré, Kevin porta la flûte à ses lèvres et souffla trois petites notes se terminant en trilles. Floria se mit à rire. Sans savoir pourquoi, Kevin devint écarlate jusqu'à la pointe des oreilles. Mais déjà Floria partait en sautillant.

Toute la matinée, il regarda évoluer les surfers sur le flanc argenté des vagues. Parfois, l'un d'eux tombait dans un mur d'écume, sa planche jaillissait hors de l'eau telle une fusée ; un autre démarrait en trombe, jambes fléchies, les bras dans une posture rappelant le kung-fu. Une lutte d'amour avec la vague.

Les yeux de Kevin brillaient.

Ainsi que Floria l'avait prédit, le vent d'est tourna. Il eut un pincement de cœur en pensant à elle. D'ici, les planches à voile étaient trop petites pour qu'il espérât la reconnaître.

Après le déjeuner pris en compagnie de la famille de Joël, Kevin partit tout seul dans les dunes, entre ajoncs et chardons royaux. L'air sentait bon le thym sauvage, la sarriette et, en bas de la plage, les vagues résonnaient, tam-tam de l'océan.

Ce repas familial avait ravivé la blessure intérieure de Kevin. Il enviait Joël de rire avec son père et sa mère, d'avoir un chien, des chats et deux grandes sœurs…

Un scarabée qui peinait pour grimper la dune détourna le cours de ses pensées :

– Pourquoi ne te sers-tu pas de tes ailes, scarabée ?

Pour mieux l'encourager, Kevin prit sa flûte et se mit à jouer une mélodie entraînante.

Il s'agenouilla, s'assit sur ses talons et joua un long morceau destiné à l'océan, en rythme avec les battements des vagues.

Au bout d'un moment, il eut l'impression d'une présence, comme si quelqu'un l'épiait. Il s'arrêta de jouer. Personne alentour. Il n'y avait que cette souche d'arbre posée sur le sable, apportée là sans doute par une tempête. Soudain, il sursauta : à quelques pas de lui, assis en tailleur, un homme fixait l'océan dans une immobilité de statue. Et si Kevin venait seulement de découvrir sa présence, il était certainement là depuis longtemps.

Il ne fallut que quelques jours à Kevin pour prendre le rythme de ses amis surfers. Avec Joël, il se levait tôt et ils empruntaient les vélos des filles pour inspecter les différents spots de la côte.

Plus tard, après un solide petit déjeuner, ils retrouvaient Thierry, le seul de la bande à posséder une voiture, une vieille Méhari couleur sable, un peu déglinguée, où s'entassaient les planches de surf.

Tous les matins, Joël enseignait à son jeune cousin les rudiments du surf sur une vieille planche rouge cabossée, dix fois réparée. Au début ils restaient dans le bouillon des vagues déjà déferlées qui n'étaient plus que des flux d'écume. Tomber, remonter sur la planche, trouver son équilibre un bref instant, avant de tomber à nouveau… Heureusement, Kevin était relié à sa planche par une attache élastique fermée sur sa cheville. Ce qui lui permettait, lorsqu'il chutait, de la récupérer immédiatement, au lieu de nager jusqu'à la plage, comme le faisaient les premiers surfers.

La peau irritée par le frottement sur la paraffine, Kevin s'essoufflait à ramer contre les vagues. Par moments, hors d'haleine, découragé, les épaules douloureuses, il se laissait aller jusqu'au sable, allongé, la joue sur la planche, ballotté par les vagues.

Mais Kevin avait beaucoup de volonté et un sens de l'équilibre aiguisé par plusieurs hivers passés à skier. Et puis le surf lui faisait beaucoup de bien. Toutes ses journées étaient consacrées aux vagues, aux marées, aux vents. Une fois sur l'eau, Kevin ne pensait plus à rien. Il se livrait à la puissance des éléments, oubliant sa tristesse.

Après une journée de surf, brûlé par le soleil, étourdi par les vagues, salé des pieds à la tête, il dînait puis s'endormait aussitôt.

– Vous ne rentrez plus que pour manger et dormir, ma parole ! avait dit un jour tante Lise. On dirait que Joël t'a transmis sa passion, Kevin. En tout cas, tu es méconnaissable !

Il s'était alors regardé dans le grand miroir de la salle de bains et avait découvert un garçon à la peau couleur de cacahuète et à la tignasse épaissie par le sel. Il se demanda même si ses pectoraux ne s'étaient pas déjà légèrement développés.

Il semblait loin le lycéen pâle et meurtri, arrivé de la grande ville peu de temps auparavant...

Le soir, Joël lui contait les exploits de surfers partis aux quatre coins du monde, à Hawaii, en Californie ou au Portugal, pour chercher la vague parfaite. Ils écoutaient un peu de musique et feuilletaient des revues, *Surfing*, *Surf Session*, avant de s'endormir.

Rapidement, les amis de Joël avaient adopté Kevin dans la bande. Il s'efforçait d'utiliser les mêmes mots qu'eux, de penser comme eux, mais d'une certaine façon, il se sentait inéluctablement différent. Sa blessure intérieure ne s'était pas encore refermée.

Seule Floria parvenait à percer la muraille verte de ses yeux. Elle devinait sa nostalgie et respectait ses silences. Parfois, il partait dans les dunes avec sa flûte. Floria aimait l'écouter, mais Kevin affirmait qu'il ne jouait vraiment bien que lorsqu'il était tout seul. Pourtant Kevin était loin de se douter qu'un homme l'observait depuis plusieurs jours. Un homme solitaire et blessé, lui aussi, qui se cachait dans les vagues et dans les dunes.

A présent, Kevin tenait debout sur sa planche et comme les autres il éprouvait les joies vertigineuses du surf, entre ciel et mer. Et puis il y eut ce jour de grosses vagues. Kevin en avait les jambes qui tremblaient. Tout d'abord, il ne voulut pas les affronter, elles étaient trop impressionnantes pour lui. Mais Joël et ses amis, eux, n'hésitèrent pas.

– Pour vraiment connaître le surf, lui avait dit Joël avec une nuance de défi, il faut aller dans les grosses vagues…

Kevin sentait qu'il se trouvait au seuil d'une importante épreuve. Son cœur battait à tout rompre. Au fond de lui, sa décision était déjà prise. Il les suivit donc dans l'eau, s'efforçant de rester dans leur sillage.

Par bonheur, ils trouvèrent un endroit où passer entre les séries. En quelques coups de rame, ils se retrouvèrent de l'autre côté de la barre. « Presque trop facile », pensa Kevin toujours aussi inquiet.

Sous leurs planches, les vagues n'étaient encore que des roulements de houle. Là, tout paraissait calme. Les vagues pétaient plus loin, dans un fracas assourdi.

Ils progressaient dans cet espace magique, de l'autre côté de la barre, avec la sensation d'être à la fois tout près et très loin du rivage grouillant de monde. Ils se retrouvaient là, entre deux vagues, regroupés, à califourchon sur les planches qui pointaient leur nez vers le ciel.

Les vagues grossissantes arrivaient par séries impressionnantes entrecoupées d'une accalmie.

Parfois l'un d'eux, après avoir scruté le large, pagayait pour mieux se positionner lorsque viendraient les vagues. Pendant un moment ce fut le calme plat, comme si, soudainement, l'océan s'était assoupi.

– Alors, Kevin, ça glisse pour toi ?

C'était Joël qui lui avait posé cette question, en l'éclaboussant, pour jouer.

– J'en ai plein les bras ; et je ne te parle pas de mon dos !

– Heureusement que tu as mis un tee-shirt, le soleil tape drôlement !

Derrière eux, Thierry et Sylvain s'impatientaient :

– Des vagues ! Des vagues !

Ils criaient comme des fans qui voient leur idole disparaître de scène. Mais les vagues ne revenaient pas. L'horizon restait plat. Bien trop plat.

Kevin aimait observer la plage par-delà cette barre blanche. De l'autre côté du miroir. Il n'entendait rien, ni les voix ou les cris des enfants, ni le bruit des radios, ni l'appel des marchands de glaces. Et pourtant, quelques mètres à peine le séparaient de la plage. Un court instant il vit courir une fille en maillot bleu et crut qu'il s'agissait de Floria. Elle lui faisait des signes, comme s'il fallait rentrer. Il vit flotter le pavillon orange au-dessus de la cabane des C.R.S. Orange, signal de danger. Mais la mer demeurait étale.

– Eh bien, tu vois, Kevin, c'est le calme plat. Je n'aurais pas cru... Mais dis-moi, « le poète », la fille en bleu, là-bas, près du parasol, tu ne crois pas que c'est Floria ?

Depuis quelque temps, Joël le taquinait au sujet de Floria. Pourtant Kevin ne faisait rien pour la rencontrer ; c'est elle qui venait à lui et sans doute cela rendait-il Joël un peu jaloux. Depuis qu'il avait entendu la jeune fille appeler Kevin « le poète », il l'affublait de ce surnom.

Soudain, un cri jaillit :

– COWABUNGA !

C'était le cri sauvage des surfers annonçant l'arrivée d'une vague plus grosse que les autres. Instinctivement, Joël et Kevin se retournèrent et ce qu'ils virent leur souleva le cœur. Une série de trois hautes vagues roulait vers eux avec la puissance d'un troupeau de bisons.

– RAME ! RAME ! hurla Joël à Kevin, en filant déjà de toutes ses forces vers le large.

Kevin eut un instant d'hésitation. Ne valait-il pas mieux tenter de rejoindre la plage ? Mais tous les surfers pagayaient furieusement vers les vagues. Saisi d'une folle urgence, il les imita mais il avait pris du retard. Il osait à peine lever les yeux vers les montagnes d'eau qui grandissaient à chaque seconde. Elles venaient sur lui bien plus vite qu'il ne ramait vers elles. Il fallait passer la crête de la vague avant qu'elle ne s'incurve. Ses épaules étaient en feu. Plus loin devant, il vit Joël qui s'élevait,

s'élevait encore et parvenait
enfin à traverser de justesse le sommet écumant. Déjà la gueule
monstrueuse s'ouvrait
pour mieux l'engloutir. Il vit la grande
lèvre translucide
masquer le ciel ; un
panache blanc d'écume annonçait
le déferlement tout proche...
A la vue de ce monstre sorti des
abysses, Kevin eut l'impression que
son sang se changeait en plomb.
De toute son énergie, il se mit à
pagayer sur un océan en pente
qu'il escaladait lentement,
essoufflé, étouffé par
la peur, au bord des
larmes. Et puis,

dans un étrange moment d'abandon, il eut la certitude qu'il ne parviendrait pas à passer, qu'il ne pourrait pas éviter d'être pris dans l'énorme avalanche. Il cessa de ramer. Alors, l'espace d'un instant, le cœur de la vague – le fameux tube – lui apparut.

Lointaine caverne en mouvement, symbole du temps, de la perfection, oubli, extase. Le grand cobra turquoise se dresse et le regarde au fond des yeux. Neptune est son maître. Mais le serpent liquide va frapper... Jamais encore Kevin n'a contemplé une telle merveille. C'est alors qu'une force colossale le soulève et le projette en arrière. Il n'y a plus ni haut ni bas, ni couleur ni peur. Kevin tournoie, déséquilibré, au point qu'il sent son talon toucher l'arrière de sa tête. Il est empoigné par une force surnaturelle à laquelle il ne résiste pas.

Quelque chose lâche autour de sa cheville droite. L'attache! Il vient de perdre l'attache qui le relie à sa planche, sa bouée de sauvetage. Tourbillon blanc. Besoin de respirer. Surtout ne pas ouvrir la bouche...

Il se mit alors à nager vers la surface pour reprendre son souffle, mais à sa grande stupéfaction, il rencontra le sable du fond! Il avait totalement perdu le sens de l'orientation. Ses poumons semblaient près d'éclater. Avec l'énergie du désespoir il donna un grand coup de pied sur le fond et se propulsa vers la surface.

Hors d'haleine, il se retrouva dans un paysage effrayant. La mer était blanche, une épaisse écume bouillonnait tel du marbre en fusion et une autre vague, tout aussi grosse, arrivait!

La panique s'empara de lui. Il savait qu'il aurait dû plonger sous la vague mais la force lui manquait. Le mur blanc se dressait à la verticale, et vu de tout en bas, il paraissait plus terrible encore que la vague précédente. Kevin eut une vision de ses parents, heureux et bronzés, sur une grande plage de sable; lui aussi se trouvait là avec eux, tout enfant, blondi par le soleil et la mer. Il savait que c'était un souvenir de la seule fois où il était venu dans les Landes. Et il allait être englouti, avalé tout rond par la mer mangeuse d'hommes...

Une forte poigne s'était saisie de lui et l'entraînait violemment sous l'eau. Il eut juste le temps de prendre son souffle. S'agissait-il d'un dieu abyssal qui venait le chercher? Non, ces mains-là étaient bien réelles.

Ils furent pris dans les turbulences sous-marines de la vague pendant quelques secondes et Kevin se laissa aller, soudain confiant. Qui était donc venu à son secours?

Sans pouvoir se l'expliquer, il avait deviné qu'il s'agissait de l'homme chauve aperçu dans les dunes.

Quelques brasses puissantes suffirent pour l'entraîner loin du danger. Kevin sentit le frôlement de ses palmes. Il reprenait haleine. Enfin, ils se retrouvèrent dans le bouillon habituel, et l'homme le lâcha.

– D'ici tu peux rentrer tout seul sans problème, il n'y a pas de courant, cria-t-il dans la rumeur des vagues.

Kevin respirait encore à grandes goulées, bouleversé d'être passé si près de la noyade. Oui, il pourrait rentrer tout seul.

– Merci !

– Remercie plutôt la mer. Et souviens-toi bien d'une chose : il ne faut jamais lui tourner le dos trop longtemps... Au revoir !

L'homme s'apprêtait à s'éloigner mais, regardant Kevin droit dans les yeux, il ajouta :

– De la plage, personne n'a rien vu. Pas besoin de raconter tout ça aux autres. Ce sera notre... secret ! Allez, salut. On se reverra sûrement dans l'eau...

Il avait un curieux accent, certainement étranger. Ses yeux rougis par la mer étaient doux et durs à la fois, son crâne chauve le faisait ressembler à un phoque et, lorsqu'il souriait, ses dents avaient l'éclat du corail. Palmes jointes, le dos ondulant dans l'écume, il disparut à la façon d'un dauphin.

Etourdi, Kevin sortit de l'eau. Deux surfers l'attendaient, inquiets d'avoir vu sa planche échouée sur le sable, l'attache cassée.

– Alors Kevin, tu as bu la tasse ?

Il en toussait encore avec, au fond de la gorge, un goût de sel. On lui mit une grande serviette rouge sur les épaules et il s'assit sur le sable sans rien dire.

Aude, l'amie de Thierry, lui frotta le dos. Quelqu'un lui proposa une cigarette qu'il refusa d'un geste. C'était bien la dernière chose dont il avait envie.

Il fixait encore les vagues, cherchant la silhouette de l'homme qui l'avait sauvé. Joël sortit de l'eau et vint en courant vers son cousin. Il vit tout de suite l'attache cassée.

– Ah, c'est le *leash* qui a cassé ! C'est de ma faute... j'aurais dû le vérifier en te donnant cette vieille planche. Excuse-moi, vieux. Tu n'as pas trop dégusté ?

– Ça va... je me remets.

– Tu sais, tu aurais dû te mettre à ramer tout de suite, en même temps que moi. Si tu m'avais suivi, tu serais passé de l'autre côté. En surf, l'hésitation ne pardonne pas. Mais il faut dire qu'on a été salement surpris. Tu as vu ça, Thierry ? Le calme plat entre les séries, une vraie Méditerranée, et brusquement, boum ! c'est le cap Horn !

– ... Il ne faut jamais lui tourner le dos, chuchota Kevin comme pour lui-même.

– Hein ? A qui ?

– ... A la mer !

– Tourner le dos à la mer ?... Eh ben, tu vois, lança Joël tout content, on dirait que monsieur le poète a appris quelque chose aujourd'hui. D'ailleurs, un vieux proverbe hawaiien dit : *Never turn your back to the sea.* Tu comprends l'anglais ?

Kevin hocha la tête. Il était sur le point de leur parler de l'homme chauve. En voyant Floria, il lui avait semblé qu'elle savait quelque chose. Peut-être avait-elle tout vu ? Mais déjà Thierry continuait :

– En tout cas, heureusement que tu as crié « cowabunga ! » pour nous prévenir, Joël. Sinon, moi aussi je me serais retrouvé dans les chutes du Niagara !

– Crié ? s'exclama Joël l'air ahuri.

– Ben oui, c'est bien toi qui as crié, non ?

– Mais... pas du tout ! répondit Joël en fronçant les sourcils. Ni moi ni Kevin. On discutait tous les deux quand on a entendu ce cri. Je croyais que c'était vous qui... il n'y avait que nous dans l'eau, non ?

– Attendez !

Le doigt levé, Floria les regardait tous l'air grave.

– Non, vous n'étiez pas seuls. Un peu plus tôt ce matin, j'ai vu l'Australien qui se mettait à l'eau devant le blockhaus.

– Bud ?

– Oui, Bud...

Joël hochait la tête.

– C'est bien le genre de l'Australien.

– Bud ?

Le cœur de Kevin battait plus fort. Cet homme qui l'avait secouru n'était donc pas une apparition.

– Oui, répondit Joël. Bud. On l'appelle aussi « l'Australien ». C'est un drôle de gars, tout chauve et plutôt balèze. Il n'est pas bavard et a très peu d'amis. Personne ne sait vraiment qui il est.

– En tout cas, reprit Thierry, il n'y a pas deux nageurs comme lui dans le coin. Même les gars du pays le respectent. Ce type-là, continua-t-il en faisant chanter son accent du Sud-Ouest, tu le verras dans la flotte été comme hiver, sans combi, même lorsque ça castagne. Il nage toujours avec des palmes. Plus d'une fois, il a sauvé des types de la noyade...

– Et... euh...

Kevin faillit leur révéler la vérité. Il se rattrapa de justesse en demandant :

– Et il vient d'où ce Bud ?

– Ben... d'Australie, tiens ! répondit Floria d'un ton ironique.

Pour Kevin, l'Australie était le pays des kangourous.

– Il vit dans les Landes depuis pas mal d'années, continua Joël. Il se trimballe partout dans un vieux bus Volkswagen tout déglingué. A mon avis, il n'a jamais mis les pieds sur une planche de surf. Mais comme *body surfer*, c'est le meilleur...

-29-

– Comme quoi ?

– Il fait du body surf. Il court les vagues sans rien d'autre que des palmes...

– Et son caleçon, ajouta Thierry en rigolant, secouant ses longues mèches blondes légèrement frisées.

– Et encore, souffla Floria en clignant de l'œil, son caleçon, il ne l'a pas toujours !

– J'aimerais t'y voir, rétorqua Thierry, quand tu fais du body surf dans les grosses vagues, il n'y a plus rien qui tient, ni collier ni caleçon...

Joël rit avec eux, mais il avait pris un air rêveur :

– N'empêche... ce gars-là, j'aimerais bien faire sa connaissance.

Il se tourna vers Kevin.

– Je l'ai vu nager dans des paquets de cinq-six mètres. Il n'y avait personne d'autre à l'eau. C'est un type, tu vois, il a grandi sur les plages de l'Australie du Sud. Et là-bas, crois-moi, la mer est mille fois plus méchante qu'ici. C'est le pays du grand requin blanc...

Le pays du grand requin blanc... Au fond de son lit, Kevin rêvait de ce continent mythique, de cette île immense, bordée de récifs sauvages et de vagues géantes. Il rêva de grandes vagues blanches qui l'emportaient dans une spirale sans fin, dans le vide de l'espace, et qui s'enroulant sur elles-mêmes se transformaient en galaxies.

Il s'éveilla en pleine nuit avec l'image des yeux rougis de l'Australien qui le regardaient. Qui l'appelaient, peut-être.

Sur les murs de la chambre éclairés par la lune, les tubes les plus parfaits se déployaient, figés par d'audacieux photographes. Joël ronflait légèrement sous les vagues de Waïmea.

L'image de Floria se substitua à toutes les autres. Pourquoi avait-il tant envie de se confier à elle ? Epuisé, il se rendormit.

Juste après le petit déjeuner, il laissa Joël partir seul pour sa tournée des spots, à la recherche des meilleures vagues. Il était encore sous le coup de ses rêves. Sans réfléchir, il courut vers le canal, où il pensait trouver Floria. Il fallait qu'il lui parle, qu'il lui décrive ce qu'il avait vu, tout en haut de la vague, juste avant d'être précipité dans l'eau. Le cœur de la vague. Floria comprendrait. Les garçons, eux, se seraient peut-être moqués de lui s'il leur avait décrit, avec ses mots, sa vision du tube. Mais les yeux de Floria brilleraient sûrement.

Les berges du canal étaient tapissées d'aiguilles de pin roussies. La marée montait, venue de la mer, s'apprêtant à remplir le lac. Plus loin, la petite plage était encore calme à cette heure matinale. Bien rangées, alignées à l'abri d'un petit toit, les planches à voile paraissaient endormies. Kevin tremblait d'émotion.

Oui, Floria était bien là. Caché dans les arbousiers, il la voyait, gracieuse et souple. Mais elle n'était pas seule. Olivier était près d'elle. Olivier, un type bien bâti qui se baladait sur une grosse moto. Il passa son bras sur l'épaule de Floria. Tous deux rirent aux éclats.

Des éclats de verre dans le cœur de Kevin.

Désarmé, il resta caché à l'abri des arbres, la gorge serrée. Ses rêves s'éparpillaient. Le cœur de la vague allait le broyer, les yeux rouges de l'Australien étaient ceux d'un démon et Floria

riait, riait, se moquant de ce jeune poète aux yeux tendres... Il partit en courant vers la mer, les larmes aux yeux. Le monde était trop injuste. Sa vie était faite de rendez-vous ratés. Même le sable des dunes paraissait se dérober sous ses pieds. Essoufflé, il contempla les vagues qui claquaient au loin. Il les regarda avec une appréhension grandissante, songeant qu'il n'oserait plus y retourner. Tous les surfers le regarderaient en pensant qu'il avait peur. Peur...

C'est alors qu'il vit une silhouette marchant vers lui. C'était l'Australien.

CHAPITRE DEUX

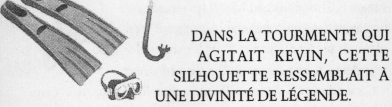

DANS LA TOURMENTE QUI AGITAIT KEVIN, CETTE SILHOUETTE RESSEMBLAIT À UNE DIVINITÉ DE LÉGENDE.

Et il eut une étrange et fugitive vision. Les dunes se liquéfiaient, se muaient en vagues prêtes à déferler. L'Australien venait à lui, grand et majestueux, et il ne marchait plus sur le sable mais sur l'eau, glissant au ralenti d'une crête à l'autre.

Ils ne se dirent même pas bonjour. Sans un mot, Bud s'assit près de lui, face à la mer. Kevin l'imita.

– Sept… trois…

L'Australien ne quittait pas la mer des yeux. Surpris, Kevin suivit son regard.

– Regarde bien les vagues, continua l'homme, regarde-les. Elles viennent de très loin. Ce sont de grandes voyageuses. Chacune détient un secret de l'océan. Elles ont parcouru des milles et des milles avant de choisir cette plage pour mourir. Il n'y en a pas deux qui

soient identiques... Tu me diras que c'est la même chose pour les humains aussi...

Son sourire dévoila des dents blanches dont une manquait, sur le côté. Il le regarda comme s'il attendait une réponse du garçon.

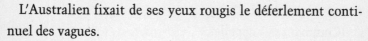

– Mais pourquoi avez-vous dit « Sept... trois » ?

– Compte avec moi.

L'Australien fixait de ses yeux rougis le déferlement continuel des vagues.

– Quatre... cinq...

Un rouleau creva avec un bruit sourd aussitôt étouffé.

– ... six... sept... comptait Kevin à son tour.

La septième vague déferlait. Puis il y eut un calme.

– Maintenant, la série de trois.

En effet, trois dos de houle se présentaient, ployant la surface avec des vagues pentues, pointues, de plus en plus creuses, mèches d'écume soulevées par le vent, puis un instant suspendues avant le fracas. Quelle puissance surnaturelle de l'onde pouvait créer ces vagues si puissantes sans jamais se lasser ?

– Regarde... c'est la deuxième de cette série-là qui est la plus grosse. *Look out, boy!**

Comme si elle obéissait à la voix, la deuxième vague se

---

* Regarde, garçon !

dressa de toute sa hauteur. Un tunnel se forma, éphémère, avant d'être englouti derrière des crocs blancs. Vvvhwahhouff!

– Si tu te mets à l'eau juste après, il y a un calme et les vagues suivantes sont plus petites. *Get it*? *

Epaté, Kevin buvait ses paroles, attentif à son accent venu de loin, aux mots anglais qui se glissaient dans ses phrases, attentif aux précieux conseils de cet homme qui paraissait sorti des vagues. Il osait à peine le regarder dans les yeux, ses yeux rouges. Avec son crâne chauve, il ressemblait au moine d'un monastère englouti.

– Comment tu t'appelles?
– Kevin.
– Kevin… c'est presque un nom de mon pays.
– Ma mère dit que c'est d'origine irlandaise.

---

* Compris?

– Dans mon pays, j'ai connu un garçon qui te ressemblait...

Ses yeux devinrent durs, son regard se fit lointain, les muscles de ses mâchoires saillirent. Puis, comme si un fantôme était passé, il dit :

– Moi, je m'appelle Bud.

Kevin était bien trop intimidé pour poser des questions.

– Tu viens avec moi ?

L'Australien se leva et descendit vers la grève. Sans hésiter, Kevin le suivit.

Il ne se dirigea pas directement vers l'eau, mais le long de la grève, vers le nord. Il ne portait qu'un maillot noir et un vieux tee-shirt bleu délavé. Il traînait avec lui un sac de grosse toile qui avait certainement pas mal bourlingué.

Kevin, chaussé de ses baskets, marchait mal dans le sable.

– Mets-toi donc pieds nus, dit Bud. Toujours, sur une plage.

C'est comme d'arriver dans un grand lit. Tu ne te couches pas avec tes chaussures, j'imagine ?

Kevin rit en les retirant. Bud tendit la main, les prit et les enfouit dans son sac :

– Tu seras plus à l'aise.

Ils marchèrent sur la grève humide. Bud se mit à respirer profondément, les narines grandes ouvertes, et Kevin ne put s'empêcher de l'imiter.

– Tu sens ?

Bud jouissait de cette marche pieds nus près de l'eau.

– Tes pieds sont une arche, Kevin. Ils sont le point de communication avec la terre. Il faut apprendre à écouter avec les pieds...

– Ecouter avec les pieds ?

– Oui... en marchant.

Bud ferma les yeux.

– Le chant de la plage, le chant du sable, le mariage de la terre et de la mer ! Ferme les yeux et marche, Kevin...

L'eau était fraîche. Le sable doré s'en gorgeait. L'air chargé d'embruns sentait l'iode et le sable humide. Il y avait des bulles et des fourmillements, des sensations retrouvées et des ondes de bien-être couraient de la plante de ses pieds vers le haut de son crâne. Envolée l'image de Floria riant avec un autre, envolées ses mauvaises nuits à s'agiter dans son lit, envolée la peur qui l'avait saisi devant les vagues.

La terre et la mer bruissaient sous ses pieds et effaçaient ses doutes.

L'Australien s'arrêta et se retourna pour contempler leurs traces :

– Connais-tu quelque chose de plus beau qu'une simple trace de pas? Regarde, Kevin, ton empreinte. Ne trouves-tu pas qu'elle est très... comment dire... liquide? Toute en rondeur, on dirait des gouttes d'eau. Après tout, nous avons été des créatures marines pendant des millions d'années...

Kevin observa à son tour et fit remarquer :

– C'est drôle, vu d'ici, je trouve que ça ressemble à... à une oreille! Une oreille avec cinq petits pendentifs...

– Une oreille!

Le visage de Bud s'était illuminé. Kevin eut l'impression de le découvrir pour la première fois. Bud n'en revenait pas. Dire qu'il n'y avait jamais pensé! Une oreille! L'idée l'émerveillait.

– Tu vois, Kevin, tu as trouvé quelque chose d'important. C'est bien la preuve qu'on peut écouter avec les pieds!

Il se mit à rire très fort comme s'il voulait prendre la plage à témoin. Une fille et un garçon, allongés sur de grandes serviettes jaunes, le regardèrent d'un air curieux. Bud ne les remarqua pas, tout heureux de cette trouvaille.

Ils marchèrent ainsi un bon moment. Bud était illuminé de contentement. Ils devisaient au gré des trouvailles sur le sable, une ampoule, un cageot, un jouet, une boule de goudron, tantôt courant sur les vaguelettes qui léchaient la grève, tantôt s'accroupissant pour observer la fuite d'une puce de mer ou le corps flasque d'une méduse rejetée par la marée.

Plus ils montaient vers le nord, moins il y avait de vacanciers. La marée descendante laissait sur la grève de larges poches d'eau.

– Des baïnes*, dit Bud.

Ils couraient dedans et s'éclaboussaient en riant. Devant et derrière, la plage se perdait dans une brume scintillante.

Ils arrivèrent en un endroit plus venteux où des rouleaux de bord claquaient tout près. Soudain, l'Australien s'immobilisa, faisant signe à Kevin de rester silencieux. Tendu vers la mer comme un chien en arrêt, il fronçait les sourcils et cherchait à percevoir quelque chose derrière le martèlement caverneux des rouleaux. Il sursauta. Il avait bien entendu quelque chose. Sans un mot, il retira son tee-shirt et le mit dans le sac qu'il tendit à Kevin. Puis il courut vers les vagues et plongea la tête la première dans l'une d'elles. Kevin aperçut son crâne qui brillait, son dos qui ondoyait, puis il le perdit de vue. Il eut beau le chercher jusqu'à s'en faire piquer les yeux, il ne le voyait plus. Kevin décida de remonter vers le sable sec pour s'asseoir. Il s'étonna du poids que pesait le sac. En voyant Bud le porter, il l'avait cru léger.

---

* Poches d'eau formées par une langue de sable qui rejoint la plage. Un courant fort rend les baïnes très dangereuses pour les nageurs.

Assis dans le sable tiède, la main en visière, il scrutait la mer, incrédule. Pourquoi Bud était-il parti ainsi ? Et cela durait, durait... Kevin ressentait un léger malaise. Il perdait la notion du temps. L'Australien était-il dans l'eau depuis quinze minutes ou bien une heure ? Il n'avait pas de montre. Il craignit soudain d'être en retard pour le déjeuner chez sa tante Lise. Joël risquait de s'inquiéter.

Et le temps passait... Quelle mouche avait piqué Bud ? La plage tremblotait comme une mer instable. Ses yeux se brouillaient. Il repensait aux uniques vacances passées ici en compagnie de son père et de sa mère. Il retrouvait l'odeur du soleil, le contact tendre du sable chaud, les échos du ressac, sa mère riait près de lui, bronzée, ses longs cheveux déployés dans le vent. Tante Lise habitait alors dans une maison en bois plus petite, proche du canal. Kevin avait surtout nagé dans le lac. Pourtant, il gardait un souvenir très clair de la mer sauvage.

Impression de bonheur lointain. Nostalgie. Son père et sa mère dans les bras l'un de l'autre.

Un jour, Joël l'avait emmené sur la Plage sauvage pour lui montrer quelque chose. Son cousin semblait déjà être familier de cette plage jonchée de trésors. Près d'un gros tronc d'arbre, il avait caché ses trouvailles. Mais surtout, il s'était confectionné une étonnante armée miniature.

Chaque soldat était composé de la partie centrale d'une ampoule électrique. A cette époque, la mer en rejetait des centaines, de toutes tailles et de toutes formes. D'où pouvaient-elles venir?... Avec son corps de verre, ses deux bras tendus et son filament cassé, bien campée sur son socle, chaque ampoule dénudée de son enveloppe ressemblait au soldat d'une armée fantastique. Joël en avait collectionné des dizaines et il les disposait dans le sable comme un général dispose ses troupes avant le combat.

Oui, cela s'était passé en un autre temps, aujourd'hui révolu. Comment peut-on se sentir déjà si vieux à quinze ans?

Et le temps passait... Quelle heure pouvait-il bien être?

« Peut-être, pensa Kevin, y a-t-il une montre dans le sac en toile? »

Son cœur battit plus vite; il était fortement tenté de défaire les cordons du sac pour voir ce qu'il y avait dedans. Il eut tout de suite l'intuition qu'il contenait quelque chose de mystérieux et d'inquiétant. Bien sûr, il devinait le tee-shirt roulé en boule, ses propres baskets, la paire de palmes bleues que Bud n'avait pas pris la peine d'enfiler ; mais il y avait autre chose...

Il s'apprêtait à tirer sur les cordons lorsqu'une ombre s'approcha. Kevin sursauta et poussa un petit cri en se retournant : Bud arrivait, trempé comme quelqu'un qui sort de l'eau, mais il venait du côté des dunes ! Et il arborait un grand sourire.

– Alors, tu viens ?

Kevin se sentit tiré du sol et ne put s'empêcher de suivre Bud vers la mer. Avec lui tout était si simple. Il eut pourtant une pensée inquiète :

– C'est juste que... je ne sais pas quelle heure il est et ma tante risque de s'inquiéter...

– Un petit plongeon et on rentre après, *O.K., funny boy* ?

L'Australien se mit à courir vers les vagues, suivant la pente naturelle de la plage et Kevin courut à son tour, avant de plonger la tête la première dans le creux lisse d'un rouleau sur le point de se refermer.

Instantanément, il fut pris dans le tohu-bohu des vagues, il se sentit fouetté par l'écume, plein d'une force nouvelle. Bud était là, sa tête émergeant entre les vagues, amusé, aussi confiant qu'un chien fou dans la prairie. Il ne regardait pas les vagues mais les sentait arriver.

– Tu n'as qu'à suivre leur mouvement, dit-il à Kevin qui n'avait pas eu le temps d'avoir peur.

Puis il s'élança en nageant très fort sur la pente d'un rouleau en formation. Un bref instant, le garçon le vit filer à toute allure, bras tendu en avant, glissant en oblique sur la paroi mouvante du tunnel avant de s'y laisser enfermer.

En jaillissant de l'écume, Bud paraissait illuminé par la joie. Kevin enviait l'intensité de ce bonheur. Lui se contentait de rester à la limite de la barre, là où les rouleaux n'ont pas encore pris toute leur force avant d'exploser. Il voyait nettement Bud, son crâne chauve brillant tel un rocher dans l'écume, plus loin là-bas, glissant dans les vagues les unes après les autres sans souffler, et toujours avec la même joie. Il venait de disparaître dans un rouleau lorsque Kevin eut un choc, car il avait cru voir une silhouette sous l'eau, tout près de lui. Il pensa tout de suite à un requin et se sentit glacé de terreur. D'instinct, il se retourna et vit la vague qui arrivait, la vague qui le sauverait de cette inquiétante présence sous-marine. Tout comme Bud, il se mit à crawler de toutes ses forces sur la pente grandissante.

D'un seul coup, il fut emporté dans le flux puissant et il n'eut que le temps de tendre ses bras avant d'être projeté en avant, hors de l'écume, sur cette eau devenue curieusement lisse. Le temps de reprendre son souffle, il atterrissait dans un épais matelas d'écume où il fit maintes fois la culbute, ce qui n'était pas si désagréable que cela ! Lorsqu'il émergea, les pieds dans le sable, il riait !

En sortant de l'eau, il voulut expliquer à Bud ce qui s'était passé :

– Tu sais, j'étais là-bas, et j'ai vu... j'ai vu... tu ne vas pas me croire...

– Mais si, Kevin. Vas-y !

– Je crois que... c'était un requin...

– Un requin ? Tu as cru que c'était un requin ?

L'Australien parut trouver l'idée fort drôle. Il se mit à rire sans que le garçon en comprît la raison.

– En tout cas, tu as couru une vague, hein ? Il va falloir que je t'apprenne quelques trucs, mais tu as bien démarré !

Kevin se sentait bizarrement différent.

Sans y réfléchir, il avait tutoyé l'Australien. Il se sentait plus proche de lui. Il se sentait bien.

– Je parie que tu meurs de faim ?

– C'est vrai. La mer, ça creuse, répondit Kevin en riant.

– Tu l'as dit ! Je t'aurais bien proposé de partager un sandwich avec moi, mais je crois que tu dois rentrer, non ?

Sans prendre le temps de se sécher, ils franchirent les dunes et rejoignirent bientôt la route. Elle était brûlante.

– Ouïe ! Tu me rends mes chaussures ?

Pour toute réponse, Bud cligna de l'œil et fit un signe de tête :

– Suis-moi, je connais un bon petit raccourci.

Ils se glissèrent entre des massifs de ronces enchevêtrées, le long d'un petit sentier sablonneux, parsemé de thym sauvage et de crottes de lapin. Kevin craignait beaucoup de s'enfoncer une épine dans le pied et prenait du retard derrière l'Australien qui se faufilait souplement sans paraître s'égratigner. Les cigales lançaient leur chant perçant sous le soleil de midi. Les vagues n'étaient plus qu'une rumeur lointaine. Bientôt, ils pénétrèrent sous l'ombre bénéfique des grands pins, marchant sur le tapis élastique des aiguilles roussies.

Kevin se sentait dans un état particulier; ses muscles roulaient agréablement sous sa peau, il oubliait la fatigue, la chaleur; il suivait Bud sans hésiter, faisant comme lui, marchant presque dans ses traces entre les grosses pommes de pin séchées. Il l'aurait suivi n'importe où.

Ils contournèrent une belle et grande villa cachée entre les arbres, sur une butte, « la Bergerie ». Un monde différent. Un chien aboyait. Les hommes et les femmes étaient élégants, des couverts tintaient. Le chien, un setter, vint même jusqu'à eux, près de la route. Bud s'approcha de lui, prononçant des mots en anglais comme s'ils étaient de vieux amis. Le chien, amadoué, remuait la queue. Ils rejoignirent la route en béton et le beau setter fit même un bout de chemin en leur compagnie.

Kevin commençait à sentir un fort picotement sous la plante de ses pieds. Parfois il marchait sur un petit caillou anguleux et poussait un cri. Bud, lui, était aussi à l'aise pieds nus que le chien.

Pourquoi l'Australien ne lui rendait-il pas ses chaussures? Et comment savait-il que Kevin habitait à « Uhaïna »?

Ils se quittèrent dans le dernier tournant avant la villa. Une dernière fois, l'homme se tourna vers le garçon et le prit par les épaules, une étincelle dans l'œil :

– Tu as vraiment cru que c'était un requin, tout à l'heure?

– Mais oui... je te promets... C'est possible, non?

– Tout est toujours possible, admit Bud avec un brin de gravité.

Mais son sourire revint vite et il pensa à voix haute :

– Un requin! Pauvre *Little Brother*!*

Très intrigué, Kevin allait demander de qui il s'agissait, mais l'homme continua :

– *Next time*... la prochaine fois, prends ta flûte. J'aime bien quand tu joues dans les dunes.

Il lui donna une petite tape amicale sur le bras et fit demi-tour, son sac sur l'épaule.

C'est à peine si Kevin remarqua la Méhari de Thierry devant le portail tant il était secoué par ce qui venait de lui arriver. Les dernières phrases de Bud résonnaient encore en lui tandis qu'il entrait dans le jardin de la villa. De qui avait-il voulu parler?

– Ah, Kevin, te voilà! On commençait à se poser des questions!

Une grande animation régnait à la villa « Uhaïna ». Joël discutait dans le jardin avec Thierry; leurs planches de surf étaient appuyées contre le mur. Il vint à lui l'air soucieux :

---

* Petit Frère!

– Alors, où étais-tu ? Tu aurais pu nous prévenir…

Sur la terrasse, tante Lise recevait des amis. Dans la cuisine, Kevin croisa les sœurs de Joël et une troisième fille.

– Tu as l'air bizarre. Tu étais où ?

– Hein ? Euh… j'ai marché très loin sur la plage. Je ne me suis pas rendu compte du temps qui passait. Excusez-moi !

– C'est vrai, continua Thierry avec son accent impayable, t'as une drôle de tête. On dirait que tu viens de voir un fantôme…

– Un fantôme ?

Kevin le regarda sans sourire.

– Non, je crois que j'ai vu un requin !

– Un requin ! Tu m'étonnes ! Où ça ?

– C'était vers le nord, sur la Côte sauvage.

– Ça arrive, dit Thierry, qu'un peau-bleue ou un requin pèlerin passe par là, mais c'est rare. Un chien de mer à la rigueur. Tu l'as vu dans l'eau ?

– Oui…

– Tu t'es baigné ? Seul ? Sur la Côte sauvage ?

Joël fronça les sourcils.

– Fais gaffe, tu sais, la mer peut être salement mauvaise dans le coin. Surtout quand on nage seul, sans aucune surveillance et sans planche. A marée descendante, tu peux très bien être aspiré par le courant, et puis après… ciao !

– Tu as raison, dit Kevin en baissant les yeux, mais je suis resté près du bord… Et puis il y avait… euh… des gens.

– Et c'est là que tu as vu ton requin ?

– Oui... enfin, je crois... J'ai nagé dans une vague pour rentrer le plus vite possible.

– C'était peut-être une souche...

L'attention de Kevin fut attirée vers la cuisine et son cœur bondit dans sa poitrine. Floria, la belle Floria, était là, à la fenêtre; elle l'avait sans doute entendu. Elle lui fit un petit signe auquel il ne répondit pas. Les garçons l'avaient attendu pour déjeuner et ils succédèrent aux trois filles dans la cuisine. Kevin et Floria se croisèrent furtivement sur la terrasse :

– Je t'ai cherché ce matin. Tout le monde se demandait où tu étais passé.

– Ah bon ?

Malgré lui, Kevin prit un air détaché. Il vibrait d'émotion mais se comportait avec indifférence.

– Oui.

Floria le regardait avec perplexité.

– Tu as vraiment vu un requin ?

Kevin était désemparé. Il en voulait à Floria d'insister mais ne pouvait se résoudre à lui mentir.

– J'ai vraiment cru... mais peut-être...

– C'est drôle, dit Floria en s'éloignant, je ne t'imaginais pas racontant des craques...

– Mais Floria, tu n'as pas compris !

Comment pouvait-elle douter ?

Joël les interrompit. Devinant leur sujet de conversation, il se tourna vers son cousin :

– Saurais-tu retrouver l'endroit où tu as vu ce fameux requin ?

– Oui... en passant par la dune, oui.

– Bon. Très bien ; on ira jeter un œil après le déjeuner. Qui sait, il sera peut-être encore là ?

Kevin était pétrifié à l'idée de retourner là-bas en leur compagnie, mais il ne pouvait refuser. Floria décréta qu'elle viendrait aussi. Ils ne mangèrent que quelques fruits et des tartines pour ne pas perdre trop de temps. Joël prit son masque et son tuba.

– Une véritable expédition pour le loch Ness ! dit Thierry en faisant démarrer sa Méhari.

La présence de Floria mettait Kevin mal à l'aise. Il ressentait à son égard des sentiments contradictoires. Il savait aussi que Joël avait un faible pour elle et qu'il lui en voulait de s'y intéresser.

Pourquoi leur avait-il donc parlé de cette histoire de requin ? Tous croiraient qu'il avait fabulé car il n'y aurait certainement plus de requin deux heures plus tard au même endroit. Kevin serait jugé. Exclu.

Enfin il retrouva la route et la dune pentue qu'ils avaient dévalée ce matin, Bud et lui.

A tout hasard, Joël et Thierry avaient pris leurs planches. Kevin évitait le regard de Floria, moins gaie que d'habitude. Même les deux surfers, d'ordinaire bavards et blagueurs, ne disaient mot en grimpant la dune.

La marée était basse à présent, et les vagues déferlaient assez loin. Ils suivirent Kevin jusqu'à l'eau sans remarquer les coups d'œil qu'il jetait de droite et de gauche. Il craignait de rencontrer l'Australien. Comment réagirait-il ? Lui aussi avait ri à l'idée que Kevin ait pu voir un requin. Mais pourtant il y avait bien eu quelque chose… une silhouette grise sous la surface de l'eau.

En poussant des cris d'Indiens, comme toujours, Joël et Thierry se mirent à l'eau sur leurs planches en incitant Kevin à les suivre :

– Viens ! Viens nous montrer où c'était !

Près de lui, sans un mot, Floria s'avançait, fouettée par les embruns. Lorsqu'elle eut de l'eau à la taille, elle plongea dans les vagues. Kevin n'avait plus qu'à suivre.

La mer lui parut glacée. Il frissonnait. Le souffle court, il nagea contre le flux. Le fracas de l'écume lui remit un peu les idées en place, il entendait les autres l'appeler. Floria était appuyée sur la planche de Joël, ses longs cheveux trempés ondulant sur ses épaules. Thierry scrutait attentivement les alentours.

La mer était vide. Floria haussa les épaules :

– De toute façon, je préfère qu'il n'y ait pas de requin ici. Je tiens à mes jambes !

Elle lança un sourire chaleureux vers Kevin. L'eau de la mer les unissait.

Joël et Thierry ramèrent plus loin et Kevin se retrouva nageant près de Floria. Il ne lui en voulait plus à présent d'avoir ri avec Olivier le matin même. Elle nageait si bien, aussi souplement qu'une sirène aux longs cheveux. Jamais sa bouche n'avait paru si rouge, ses yeux plus bleus. Ils n'avaient pas besoin des mots. Après avoir nagé un moment parallèlement à la plage, ils décidèrent de sortir de l'eau. Les deux surfers patrouillaient sur leur planche, plus loin.

– En tout cas, dit-elle, c'était une bonne idée de venir ici, requin ou pas.

Floria nageait sur le dos, balancée par la houle, caressée par le soleil, détendue. Kevin aurait aimé se blottir dans ses bras sans prononcer une parole.

Il y eut un drôle de bruit. Tous deux se retournèrent. Les reflets du soleil sur la mer étaient aveuglants. Soudain, ils virent une silhouette massive en contre-jour qui bondissait hors de l'eau et retombait dans une gerbe d'éclaboussures. Floria poussa un cri de surprise. La vision était déjà passée.

Les deux surfers n'avaient rien remarqué. Floria allait les appeler lorsque Kevin lui fit signe, l'index en travers des lèvres, de se taire. Les yeux encore écarquillés, elle prononçait des mots inaudibles. Kevin, aux aguets, son cœur battant la chamade, regardait tout autour dans l'espoir de voir à nouveau cette apparition si brève. Il devina la peur de Floria et, avec le calme d'un aventurier, il lui dit :

– Tu sais, les requins ne sautent pas !
– Oui... En tout cas, moi je sors de l'eau !

Elle partit en crawl vers la plage, sans précipitation mais sans faiblir. Kevin était partagé entre le désir fou de rester et celui de la suivre. Qu'avaient-ils vu au juste ?

Au moment où il repartait, il crut voir, un bref instant, le crâne lisse de l'Australien émerger d'une vague, puis plus rien. Il suivit Floria vers la plage.

Ils s'assirent tous deux dans le sable humide, face à la mer.

– Pourquoi m'as-tu fait signe de ne pas les appeler ?
– Je... je ne sais pas très bien...

Kevin ne savait comment justifier son geste.

– C'est un secret... enfin... Oui, un secret.
– Mais qu'est-ce qui est un secret ?

Floria ne comprenait pas.

– Ben... ce qu'on a vu ensemble.

– Mais on ne sait même pas ce qu'on a vu ! Et pourquoi on ne leur dirait pas ?

Elle le regardait, étonnée.

– Ohé !

Thierry sortait de l'eau à son tour, planche sous le bras.

– Alors, pas de requin ?

Un bref instant, Kevin et Floria se regardèrent avec un brin de défi et de passion. Elle poussa un soupir, vaincue, et souffla :

– Non, pas de requin !

Joël, lui, ne sortit de l'eau que plus tard, comme s'il tenait à montrer qu'il cherchait vraiment le requin. Il sentit bien que Floria et Kevin s'étaient rapprochés. Ce dernier avait dû lui raconter des histoires, des histoires de poète...

Joël sortit de l'eau, l'humeur maussade.

– Pas terribles les vagues ici, décréta-t-il. Si on veut trouver du swell, il faudrait aller aux Estagnots. Et puis, qui sait, peut-être qu'il est là-bas ton requin, Kevin ? ajouta-t-il avec un ton moqueur.

– Bon, bon, ça va. Je me suis peut-être trompé, voilà tout !

– Ça devait être une sardine, dit Joël en prenant un accent marseillais exagéré.

– Arrête un peu, Jo ! lança Floria énervée.

Il la regarda curieusement :

– Mais je croyais que toi-même tu avais des doutes, Floria ?

dit-il en fronçant les sourcils. Pourtant, tu n'as pas vu de requin, toi non plus, n'est-ce pas?

Elle eut un rapide coup d'œil vers Kevin mais elle n'hésita pas et répondit :

– Non...

Triomphant, Joël sourit, comme pour dire : « Tu vois bien? » Ce sourire blessa Kevin qui, sans demander son reste, repartit vers la dune. Floria fut la première à l'appeler, puis Thierry, et il crut entendre son cousin marmonner :

– Oh, laissez-le, ça lui fera du bien!

Il marcha sans se retourner, refaisant le chemin parcouru avec l'Australien, le cœur gros.

Alors qu'il arrivait au sommet de la dune, entre les ajoncs il remarqua trois hommes, habillés comme des chasseurs, qui

étaient penchés sur un curieux mécanisme. L'un d'eux poussait des jurons et il entendit une grosse voix dire avec méchanceté :

– Bon sang, si je retrouve celui qui a fait ça, je lui casse la tête !

Inquiet, Kevin passa son chemin, se demandant de quoi il pouvait bien s'agir. Bientôt il atteignit la route. Au fait ! Bud avait gardé ses chaussures dans son sac de toile ! D'une certaine façon, cela fit plaisir à Kevin : ainsi, il était sûr de revoir l'Australien qu'il avait craint de ne plus rencontrer, et ce, au moment même où il se sentait coupé de Joël et de ses amis.

Cette fois il préféra suivre la route plutôt que de couper par le sentier entre les ronces. Ses pieds commençaient à être endoloris, mais tant pis ! Il ne s'en souciait pas et marchait avec détermination vers la maison, s'efforçant de chasser ses pensées noires.

Ses idées défilaient en se bousculant... Même Floria ne l'avait pas retenu ; les autres le prenaient pour un fabulateur ; à quoi bon rester ici ? Peut-être devait-il téléphoner à ses parents... enfin, à son père, pour lui demander de revenir à Paris ? Mais non, car cette saute d'humeur serait mise, une fois de plus, sur le compte de son mauvais caractère. « Tu as mauvais caractère, Kevin, un caractère de cochon. Tu ne t'entends avec personne ! »

Il se souvenait de ce professeur malveillant, M. Lambec, un professeur d'histoire-géo. Il avait une dent contre Kevin. Un jour, au lycée, devant toute la classe, il lui avait dit : « Vous vous comportez comme un enfant trop gâté par ses parents! Comme l'enfant unique que vous êtes! » Parfois, aux yeux des autres, ceux qui avaient des frères et des sœurs, il lui semblait qu'être enfant unique c'était un peu comme une espèce d'infirmité.

S'il décidait de repartir pour Paris dès le début de ses vacances, tout le monde y verrait encore un de ses caprices, une preuve de son incapacité à s'intégrer dans un milieu différent du sien.

D'abord, il crut « Uhaïna » déserte. La maison était ouverte, mais pas un bruit n'en provenait, sinon celui d'un robinet mal fermé. Déterminé, Kevin grimpa silencieusement l'escalier en bois et alla tout droit jusqu'à sa chambre. Dans le placard il prit son portefeuille et un sac de sport vide. Il y mit une serviette et, après une courte hésitation, un livre et sa flûte en bambou. Il s'assura que son argent se trouvait toujours là et se pencha machinalement pour prendre ses sandales. Il resta perplexe : Bud avait gardé ses baskets. N'avait-il pas plus de chances de le revoir s'il demeurait pieds nus? Ce n'était qu'une simple intuition.

Il décida néanmoins de demeurer nu-pieds. Juste pour voir. Au moment de sortir de la pièce, il vit sa tante Lise appuyée contre l'encadrement de la porte, un sourire un peu las sur les lèvres.

– Bonjour, Kevin. Ça va ?

– Oui, oui, ma tante.

Elle était intriguée par sa présence, par le fait qu'il soit seul et qu'il parte avec un sac. Mais elle devinait la sensibilité exacerbée de son jeune neveu et voulait éviter de le questionner directement.

– Tu sais où est Joël ?

– Oui, je crois qu'il est avec Thierry et Floria aux Estagnots.

– Tu n'as pas eu envie d'aller avec eux ?

En voyant Kevin se renfrogner, elle s'en voulut aussitôt d'avoir posé la question. Elle s'approcha de lui et lui passa tendrement la main dans les cheveux :

– C'est fou ce que tu ressembles à ta mère !

On le lui avait si souvent dit. Tante Lise devenait nostalgique, les yeux perdus dans le vague :

– Je me rappelle très bien quand tu es venu ici. Tu avais sept ans et demi. C'était un été merveilleux. Je ne me suis jamais autant amusée. Et j'ai appris à mieux te connaître. Tu sais que tu m'avais épatée, Kevin ?

Il lui lança un regard étonné.

– … Je ne te l'ai jamais dit. Mais à l'époque je t'ai comparé à Joël. Il avait deux ans de plus que toi, mais je trouvais en toi des qualités que j'aurais voulu voir en Joël. Tu as toujours été très sensible. Je le sais bien…

Elle était soudain si douce, si maternelle. Kevin ne l'avait jamais vue sous cet aspect et il découvrait dans ce visage un peu heurté une belle complicité.

– J'adorais ton imagination, ton sens de l'humour, comme chez ton père, d'ailleurs. Jamais Joël n'aurait inventé des histoires aussi surprenantes que les tiennes et je t'écoutais parler avec joie.

Son ton changea et elle le regarda droit dans les yeux :

– Il ne faut pas en vouloir à Joël si parfois il est un peu brusque; en réalité, c'est parce qu'il manque de confiance en lui. Tu n'as plus envie d'aller faire du surf ?

– Non, c'est pas ça...

Kevin aurait été bien en peine de lui expliquer.

Tante Lise le prit tendrement par l'épaule et lui dit un peu solennellement :

– Si quelque chose ne va pas, il faut m'en parler, Kevin, hein ? Je veux que tu saches une chose : il y aura toujours, tu m'entends, toujours une place pour toi chez nous, que ce soit ici à Hossegor ou dans notre maison de Bordeaux. Tu comprends ?

Les yeux brillants, ému, Kevin ne put que hocher deux fois la tête.

– Je ne veux pas être indiscrète, tu sais. Je veux juste être sûre que tout se passe bien pour toi. Si tu as envie d'être un peu tranquille, ne te gêne pas, je trouve ça tout à fait normal. Mais méfie-toi aussi de la solitude, elle peut te jouer de mauvais tours.

Ayant dit cela, elle quitta discrètement la pièce, très émue elle-même.

Après son départ, Kevin se sentit tout à la fois bouleversé et soulagé. Il avait confiance en tante Lise.

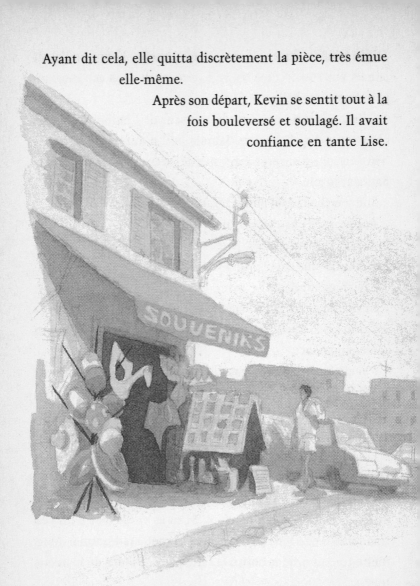

D'une certaine façon, cette discussion avait fait éclater l'orage qui couvait en lui depuis le matin. Rasséréné, il se mit en marche vers le pont.

L'après-midi était bien avancé, et déjà de nombreuses voitures rentraient de la plage. Kevin se trouva confronté aux embouteillages, aux gaz d'échappement, comme en plein Paris. Vélos et motos dépassaient tranquillement la longue file des voitures avançant au pas.

Pieds nus, la tête dans les nuages, Kevin ignorait la foule grouillante des estivants. Il ne vit même pas passer Olivier et Floria sur la moto rouge.

Il arriva dans la ville, avec ses marchands de glaces, ses agences immobilières, ses commerçants, les grands titres des journaux, les klaxons. Une petite ville, assoupie l'hiver et débordante d'activité durant l'été.

C'était la première fois qu'il marchait en ville les pieds nus. Il se méfiait des morceaux de verre, des clous rouillés et même des crottes de chien ! Il savait parfaitement où il allait.

Après avoir contourné le Café de Paris, il pénétra sous les arcades et se dirigea tout droit vers un magasin de matériel sous-marin. Le marchand vantait à un client différents modèles de combinaisons de plongée. Kevin se dirigea tout droit vers les palmes.

Il avait décidé d'en acheter une paire. Comme l'Australien. Pour mieux nager, comme lui. Mais à présent il se trouvait confronté à divers modèles de toutes formes, de toutes couleurs et de tous prix. Il n'aurait jamais pensé qu'il pût être aussi compliqué de choisir une simple paire de palmes ! Il les prit une à une entre les mains, éprouva leur poids, leur cambrure, leur souplesse. Enfin un jeune vendeur s'approcha de lui :

– Qu'est-ce que tu cherches comme palmes ?
– Je ne sais pas…
– C'est pour faire quoi ?

Kevin le regarda avec perplexité. Que pouvait-on faire d'autre que de nager avec des palmes ?

– De la chasse sous-marine, de la nage rapide, de la plongée en bouteilles… ?
– Non, non… C'est plutôt pour… euh… du body surf.
– Du body avec une planche ?
– Non.

– Alors il te faut des palmes un peu longues et pas trop lourdes.

Le jeune homme sortit une paire de palmes bleues. Kevin les trouva tout de suite assez belles. Il les paya et les mit fièrement dans son sac de sport. L'acquisition de ces palmes l'enthousiasmait plus  encore que la planche de surf prêtée par Joël. Elles étaient à lui ; discrètes, puissantes, d'un bleu plein d'énergie, elles étaient prêtes à servir.

En arrivant près du Café de Paris où se pressait une foule saturée de plage et de soleil, Kevin reconnut la moto d'Olivier, une 500 cc tape-à-l'œil, toute en chromes, et il traversa la rue pour éviter la terrasse.

Un agent réglait la circulation de ce carrefour très fréquenté. Elle était bien loin la plage, la Côte sauvage... Il obliqua vers l'agence de voyages, sans voir Floria qui le suivait des yeux depuis une table du Café de Paris. Elle n'écoutait plus les conversations des amis d'Olivier. « Drôle de Kevin, pensa-t-elle, avec une drôle de mine... » Intriguée, elle se leva.

Suivant son intuition, Kevin prit la route de terre qui menait directement vers l'église ; loin de la foule. C'est alors qu'il aperçut une vieille camionnette Volkswagen verdâtre, dont la plaque d'immatriculation ovale, ornée d'un gros Z, tenait par du fil de fer. Il leva

– 65 –

les yeux vers la vitre du conducteur et fut à peine étonné d'y découvrir Bud qui le regardait d'un air presque malicieux :

– Alors, *young* Kevin, on a oublié ses chaussures ?

Au même moment, Kevin marcha sur un caillou plus pointu que les autres qui le fit s'arrêter net en poussant un «ouh» de douleur.

– Alors, où tu vas comme ça avec ton sac ?

– Regarde ce que je viens d'acheter...

Bud lui fit signe de monter dans son bus. Sans attendre, Kevin lui montra les palmes. L'Australien eut une curieuse moue en les voyant :

– Hum... *Nice fins*... jolies palmes ! Très modernes, hein ?

– Tu ne les aimes pas ? demanda Kevin l'air inquiet.

– Si, si, bien sûr, c'est formidable. Tiens, si tu veux, on va même les essayer tout de suite.

Ce fut comme si une grosse vague déferlait dans la tête de Kevin. Il ne se sentait pas la force, à cette heure du jour, de retourner nager à la mer. Dans deux heures, il ferait nuit.

– Demain ce serait mieux, répondit-il un peu embêté de refuser l'offre.

– Mais non, j'ai une idée ! On va juste aller au canal, tout près d'ici, *okay* ?

– Au canal ?

– Ouais, c'est bien mieux. Et demain matin, si tu es capable de te lever tôt, je t'emmène sur une plage superbe, à quelques kilomètres d'Hossegor, d'accord ?

– Eh bien... d'accord !

Kevin ne put réprimer un grand sourire. Le programme l'enchantait.

– Fais voir ta tête !

L'Australien lui prit le menton et sembla évaluer la largeur de son visage.

– Hum, ouais, ça devrait aller. Viens !

Ils descendirent du bus garé près d'un massif d'hortensias. Bud, à l'arrière, fouilla un moment dans une malle en osier, d'où il extirpa deux masques et deux tubas.

– Essaye ça. Il devrait t'aller, dit-il en lui tendant le plus petit masque.

Kevin l'appliqua contre son visage et poussa sur le verre avec le doigt pour chasser l'air. Le masque tenait tout seul.

– C'est bon !

Bud prit ses propres palmes, verrouilla les portes, et ils marchèrent vers l'église.

– Au fait, Kevin, tes chaussures ne t'ont pas trop manqué ?

– Non, non. Je crois que je m'habitue.

– Si je comprends bien, dit Bud en éclatant d'un gros rire, je t'ai pris tes chaussures, alors tu as acheté des palmes !

Après l'église, ils suivirent un chemin ombragé qui sentait bon le chèvrefeuille.

Le canal se trouvait juste là, avec son lot de planches à voile et de dériveurs filant sur le lac.

– Qu'est-ce qu'on va faire là ? demanda Kevin.

– Ah, ah, tu te le demandes, hein ? *Well*, on va surtout essayer tes palmes, non ? Et puis, peut-être, si l'eau est claire, je vais te montrer un ou deux trucs intéressants.

Sur ces propos énigmatiques, l'Australien cracha à l'intérieur de son masque et étala sa salive sur le verre avant de le rincer dans le flot salé de la marée montante. Kevin l'imita. De cette façon, il n'y aurait pas de buée.

Quelques minutes plus tard, ils nageaient contre le courant, vers les piles du pont. Kevin trouvait excitant de nager à contre-courant en utilisant ses palmes qui lui donnaient une puissance nouvelle. Tuba en bouche, il regardait à travers son masque les fonds proches tout en suivant Bud qui le précédait de quelques brasses. Pour l'instant, il ne voyait que des rochers anguleux parfois couverts d'algues telles des chevelures suspendues au gré des vents. Quelques poissons sans grand intérêt croisaient là, gobies, rayés, ou mulets. Il lui fallait palmer sans cesse pour remonter le courant et suivre l'Australien.

Ils arrivèrent au-dessus d'un banc de sable abondamment strié, comme les dunes du désert exposées au vent. L'homme fit un « canard » pour descendre vers le fond. Palmes dressées telle la nageoire caudale d'une baleine, il glissa doucement sous la surface, sans une éclaboussure, sans hâte et avec une sorte de plaisir ludique.

Kevin ne le quittait pas des yeux. Il le vit planer avec la grâce d'un faucon, puis se maintenir près du sable, dans le courant, par une brève ondulation du bassin et des jambes. De minuscules perles d'air sortaient encore de son tuba, aussitôt emportées par le courant. L'Australien observait attentivement le banc de sable. Enfin, il se tourna vers le garçon et lui fit signe de venir.

Kevin prit son souffle, fit à son tour un « canard » et se mit à jouer des palmes pour plonger trois mètres plus bas. Sous l'eau il lui semblait plus facile de lutter contre le courant.

Près du banc de sable, Bud lui prit le poignet et désigna des lignes sur le sable. En s'approchant, Kevin put voir une curieuse trace recourbée, symétrique, rappelant une reptation de serpent. Bud regarda le garçon. Derrière le verre du masque, ses yeux rougis avaient quelque chose d'assez inquiétant et, un instant, Kevin se demanda si cet homme ne venait pas en réalité d'une lointaine Atlantide...

L'Australien avait posé sa main à plat sur le sable et il imitait le mouvement ondulatoire des poissons plats telles la raie ou la sole. Une sole! C'était donc ça, les lignes sur le sable : des traces laissées par le passage d'une sole. Déjà, Kevin sentait ses côtes se soulever machinalement : il avait besoin de respirer. Il remonta rapidement vers la surface. Les piles du pont se trouvaient encore loin et ses jambes le tiraient un peu. Dès qu'il s'arrêtait de nager, le courant lui faisait perdre toute son avance. Et pendant ce temps, Bud n'avait toujours pas refait surface! Enfin, sa tête chauve émergea, puis un long jet sortit de son tuba. Un souffle de baleine.

Il se tourna vers Kevin et lui fit signe de le suivre de l'autre côté du canal. L'eau était trouble au-dessus du chenal. Deux fois, Bud plongea et disparut dans les fonds verdâtres. Près du bord, il désigna une pierre ronde assez grosse au garçon :

– Prends-la, dit-il en écartant son tuba. Tu la tiens à deux mains et tu te laisses tranquillement couler à côté de moi. Je vais te montrer quelque chose. La pierre servira de lest.

Kevin fit exactement comme lui, se laissant couler au-dessus du chenal sans faire un mouvement. Ils descendirent le long d'une paroi de sable et de vase. Bientôt, Kevin découvrit de curieuses galeries qui lui rappelaient les endroits où nichaient certains oiseaux sur des falaises. Un peu plus bas, Bud s'approcha d'une de ces galeries et la regarda de près, inclinant la tête. Kevin s'approcha pour voir à son tour.

Lorsqu'il se trouva nez à nez avec la bête, il eut un coup au cœur et l'envie de remonter aussitôt à la surface. Il n'avait vu qu'une mâchoire armée de dents pointues, prêtes à mordre, et deux yeux blanchâtres. L'Australien le rassura d'un geste. Il souriait derrière son masque et hochait la tête, l'air de dire : « Ne t'inquiète pas, c'est un vieil ami ! »

Mais Kevin manquait d'air et il lâcha sa pierre pour remonter. L'homme resta quelques instants encore en face de la galerie, comme s'il conversait avec ce poisson monstrueux.

A la surface, Bud retira son masque et son tuba et frotta son visage avec sa main.

– Il est beau, hein ?

– Euh... fit Kevin impressionné. C'est quoi ?

– Eh bien, je crois qu'ici on appelle ça un congre...

– Un congre ?

– Oui. C'est comme une très grosse anguille carnivore...

– C'est dangereux ?

– Non ; pas plus qu'un autre poisson. Il a juste des dents plus méchantes. Note bien qu'une bestiole comme ça peut t'emporter la main d'un coup, bzzou! Mais ne t'inquiète pas, Kevin. Lui, c'est un bon gros père. Il est paresseux, je le connais bien. Il roupille dans sa galerie toute la journée et sort surtout la nuit. On devrait revenir ici la nuit avec une torche, tiens!

Pendant ce temps, ils avaient dérivé. Bud remit son masque, son tuba et il emmena le garçon sur un banc de sable peu profond. Du bout du doigt, il désigna un point sur le sable jaune. Au début, Kevin ne vit rien, puis il finit par distinguer un léger pli. Bud prit son tuba et s'en servit pour remuer le sable. Un poisson blanc et jaune s'agita et se posa, immobile, à quelques mètres. C'était une vive de belle taille, toutes ses épines sorties et ses gros yeux globuleux aux aguets.

Pour rentrer, ils n'eurent qu'à palmer dans le sens du courant, ce qui les fit avancer à grande allure. Ils sortirent de l'eau en riant. Kevin avait la chair de poule mais ne sentait pas le froid.

– Les vives, tu connais? demanda Bud.

– Oui, j'en ai vu en Méditerranée. Il ne faut pas les toucher, hein?

– Tu l'as dit! J'ai déjà marché trois fois sur des vives cachées dans le sable. Ça fait sacrément mal. Mais il y a un truc que tu peux faire si jamais ça t'arrive : il faut pisser sur la piqûre.

– Faire pipi?

– Oui, exactement. Il y a une substance dans l'urine qui neutralise le venin de la vive, et puis la chaleur, aussi. C'est drôle, hein? Je ne dis pas que ça suffise, bien sûr, mais comme premier soin, c'est okay.

Kevin sentait des regards se tourner vers eux. Bud en imposait, avec son crâne chauve, son corps athlétique de nageur, et certains le connaissaient de réputation. Kevin, au fond, était fier d'être l'ami de l'Australien.

– Et tes palmes, alors... tu es content?

Kevin haussa les épaules :

– Je ne sais pas. Je crois, oui.

– Pour lutter contre le courant elles sont peut-être un peu petites... mais dans les vagues ça devrait aller.

– Justement, le vendeur m'a dit que c'étaient des palmes pour le body surf.

– Ah, pour le body!

L'idée parut l'amuser et il hocha la tête.

– Au fait, si tu veux je te ramène chez toi dans mon bus, okay?

– Okay!

Lorsqu'ils arrivèrent près de la camionnette, Bud se raidit : trois hommes regardaient à l'intérieur par les vitres avec des airs soupçonneux. L'Australien devança Kevin et alla droit sur eux. Surpris, Kevin reconnut les hommes qu'il avait aperçus sur la dune en tenue de chasseurs.

– On a souvent vu votre voiture près de la dune, dit l'un.

– C'est pas qu'on vous accuse, ajouta le plus grand avec un accent très marqué, mais nous on veut retrouver les types qui ont fait ça... c'est du sabotage... nos filets sont foutus!

– Oui, c'est pour ça, continua le troisième, on s'est dit que vous aviez peut-être vu quelque chose sur la dune...

Kevin, arrivé à leur hauteur, sentit que Bud se tendait, comme prêt au combat, le souffle court.

– Non, je n'ai rien vu sur la dune... et vous, vous avez vu quelque chose dans ma camionnette ?

Sa voix vibrait d'agressivité.

– On regardait juste comme ça, pas la peine de se fâcher...

– Ces étrangers, ils sont susceptibles, marmonna le plus petit d'entre eux.

Bud sembla ne pas avoir entendu. Il y eut un bref silence pendant lequel les hommes se toisèrent.

Il n'y avait plus rien à dire. Le plus grand fit signe aux autres et leur parla en patois. Puis ils firent demi-tour et repartirent sans saluer. Bud les regarda jusqu'à ce qu'ils eussent tourné le coin de la rue. Il vit les yeux inquiets du garçon, se détendit un peu :

– C'est rien... *Don't worry, boy!**

---

* Ne t'en fais pas !

Il eut beau lui passer la main dans les cheveux, l'humeur n'y était plus. Bud restait grave, sourcils froncés. Il raccompagna Kevin jusqu'à la villa.

Quand le garçon sortit de la camionnette, il lui dit simplement :

– Alors, c'est d'accord, Kevin ? Je passe te prendre ici, demain matin à cinq heures et demie. C'est pas trop tôt pour toi ? Tu sais, c'est le meilleur moment pour la mer... et la marée sera bonne. N'oublie pas de prendre tes palmes, et puis préviens ta famille que tu ne rentreras pas déjeuner...

– Mais qu'est-ce que je leur dis ?...

– Ce que tu veux, c'est ton affaire... mais tu sais, n'oublie pas que pour certaines personnes j'ai mauvaise réputation !

Kevin rit et hocha la tête :

– Je serai là.

CHAPITRE TROIS

DES HOMMES COURENT DANS LA NEIGE, ARMÉS DE HARPONS, VÊTUS DE PEAUX. ILS POUSSENT DES CRIS SAUVAGES.

Ils traquent un animal. Un oiseau peut-être, un grand oiseau qui court sur la glace sans parvenir à s'envoler. Les chasseurs prennent leur temps, ils savent que la proie ne peut plus leur échapper. Leurs yeux rouges et féroces luisent dans l'obscurité. La neige est noire, le ciel est blanc. Sur ce ciel étouffant, la proie leur apparaît clairement. C'est Bud! Il court à en perdre haleine. Ses pieds nus butent contre des congères, il glisse et se blesse sur les couteaux de glace. Les chasseurs rient, poussent des cris de victoire. L'un d'eux lance un large filet sur lui. Bud se débat de toutes ses forces et s'empêtre dans le filet. Les chasseurs resserrent leur cercle; leur proie s'immobilise, attendant l'ultime coup... Les harpons se lèvent, le froid tombe sur moi. Je voudrais tant crier, mais ce cri devient un serpent visqueux au fond de ma gorge, il se noue autour de mon cou et m'étouffe... pourtant les chasseurs m'ont entendu, et c'est maintenant vers moi qu'ils se tournent...

Kevin se dressa sur son lit, le cœur battant à tout rompre. Dans le lit voisin, Joël ronflait. Les chiffres rouges et lumineux du réveil indiquaient trois heures vingt. D'ici deux heures il devrait se lever pour aller retrouver Bud...

La veille au soir, à table, il y avait eu un moment difficile lorsque Kevin avait annoncé qu'il se lèverait à cinq heures et qu'il ne rentrerait pas pour le déjeuner. Joël avait réagi le premier :

– T'es un vrai déserteur ! On peut savoir où tu vas ?

– Joël ! avait lancé Lise, sa mère, laisse-le tranquille, enfin ! Si Kevin ne veut pas en parler...

Mais Kevin avait bien senti la nuance d'inquiétude dans la voix de sa tante. Il s'en était voulu :

– Non, non, ce n'est pas ça... c'est... euh... un ami... il doit m'emmener visiter un endroit... je ne sais plus le nom...

– Dis-moi, avait lancé Joël avec une drôle de moue, est-ce qu'il ne s'agirait pas plutôt d'une amie ?

Kevin avait rougi jusqu'au bout des oreilles :

– Mais non... pas du tout !

Après le dîner, tante Lise lui avait soufflé :

– Je te fais confiance, Kevin. Mais n'oublie pas que je suis responsable de toi... et que je t'aime... beaucoup.

– C'est promis, avait-il répondu.

Dans la chambre, Joël l'avait regardé d'une drôle de façon :

– Alors, tu laisses tomber le surf ?

– Non... pas vraiment. Ça me plaît beaucoup, j'ai envie d'en refaire... mais pour l'instant... C'est un peu spécial.

– T'es sûr que t'es pas amoureux ?

Kevin, très gêné, avait hoché la tête :

– Mais non ! T'es énervant à la fin !

– Bon, bon ! Garde tes petits secrets, puisque c'est comme ça !

Un peu fâchés, ils en étaient restés là pour la nuit. C'est ensuite que Kevin avait fait cet affreux cauchemar. Et maintenant, le sommeil ne venait plus...

Il se rendormit très tard et, lorsque sa montre électronique se mit à sonner, Joël l'entendit avant lui :

– Si tu dois aller à ton rendez-vous, vas-y, mais ne réveille pas tout le monde !

Les yeux rougis de sommeil, tout ébouriffé, Kevin se retrouva dans la cuisine déserte de la villa. Machinalement, il mangea une banane en surveillant la pendule.

L'Australien arriva comme prévu à cinq heures et demie dans le petit jour parfumé de résine. Un oiseau perché à la cime d'un arbre saluait à sa façon le lever du soleil. Le vieux bus

Volkswagen paraissait curieusement appartenir au paysage. Kevin s'était muni d'un sac contenant ses palmes, du pain, une pomme, une banane et un morceau de gruyère grappillé dans le réfrigérateur.

– *On the road*, dit gaiement Bud en démarrant.

Rue des Alouettes, villa « Mimosas », allée des Fourmis, tour du Lac, les noms défilaient dans les brumes du petit matin. Encore ensommeillé, Kevin ne disait rien. Bud se concentrait sur la conduite. Bientôt ils furent sur la route et enfin, le garçon osa demander :

– On va où ?

– Ah, ah !

Bud paraissait en grande forme et il regardait Kevin comme s'il allait le manger tout cru. Mais son air féroce était feint et il se radoucit :

– Si tu veux le savoir, *boy*, nous allons du côté de Messanges.

– Mes... anges ?

– Pas mes anges ! Ni mésanges, MESSANGES, okay ?

– Drôle de nom !

Vingt minutes plus tard, ils quittèrent la nationale, empruntèrent une départementale et s'engagèrent enfin dans un chemin sablonneux. Bud semblait parfaitement à l'aise pour conduire sur ce genre de terrain et poussait des cris dignes d'un rodéo lorsque le bus tanguait dans les ornières.

Autour d'eux, les grands pins formaient une majestueuse forêt. Les lueurs dorées du matin révélaient des kaléidoscopes lumineux entre les aiguilles des branches. Des petits pots étaient accrochés aux troncs et sur une languette de métal plantée dans la chair de l'arbre coulait lentement la résine.

Après un quart d'heure de conduite sur une route de plus en plus cahoteuse, Bud s'arrêta dans une petite clairière. Aussitôt le moteur coupé, Kevin eut conscience de la rumeur marine.

Debout, pieds nus sur la mousse, les yeux perdus dans les frondaisons, les oreilles ouvertes au grondement lointain des vagues, les narines frémissantes des odeurs résineuses, Kevin se sentait tout petit. Un sentiment de reconnaissance infinie l'envahissait.

– Alors, Kevin, tu as la forme, ce matin ? Ça va mieux qu'hier ?

– Oui, je me sens bien, mais j'ai mal dormi.
– Respire, Kevin, respire le bon air des pins, il t'aidera à rester plus longtemps sous l'eau !

Bud se mit à inspirer à pleines narines, tourné vers le soleil levant.

– Tiens, reprit Bud, si tu as faim, tu n'as qu'à manger quelques *fiddle-heads*, je crois que vous appelez ça des « têtes de violon »…

– Des quoi ?

L'Australien s'accroupit dans les fougères et cueillit une jeune plante en forme de spirale. On aurait dit un cordon vert lové sur lui-même. Le garçon ne comprenait pas ; Bud ouvrit la bouche et la croqua avec une évidente délectation. Puis il en cueillit une autre et la donna à Kevin :

– Goûte ! Ces bébés fougères sont particulièrement tendres et parfumés !

– On peut manger ça ? Tu es sûr ?

– Tu parles ! Chez nous, en Australie, on en fait des salades !

Avec une moue, Kevin se mit à croquer et découvrit, à son grand étonnement, que ces pousses de fougères, tendres et juteuses, avaient un goût agréable.

– C'est inhabituel d'en trouver en cette saison, dit Bud.

Puis il se dirigea vers le minibus et, après avoir fouillé quelque temps à l'intérieur, il en sortit une valise métallique capitonnée contenant un curieux appareil photo.

– Tu fais des photos ?

– Eh oui !
– Des photos de quoi ?
– Devine !
– De... de la mer ?
– *Yes, boy !* C'est même ce qui me fait vivre. Tiens, regarde !

Sur la mousse de la clairière, il posa un grand cahier en cuir et l'ouvrit. Il contenait des photos protégées par une feuille de plastique. Tout d'abord, Kevin ne comprit pas bien ce qu'elles représentaient. On aurait dit des peintures abstraites, des galaxies bleues et orange, des tourbillons laiteux, des mondes en fusion.

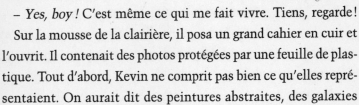

– Le tube, dit doucement l'homme, le tube, toujours et encore, le tube. Tu vois, Kevin, une vie entière n'est pas suffisante pour commencer à le pénétrer.

C'étaient donc des vagues, mais vues de l'intérieur, vues de ce boyau liquide qui joue avec l'eau et la lumière dans une inlassable quête de perfection.

– C'est toi qui les as prises ?

– Eh oui ! C'est ma façon à moi de chasser... je suis un chasseur de tubes !

L'idée le fit éclater de rire.

– C'est aussi ma façon de vivre. Je vends ces photos à des magazines, des agences.

Il passait l'index sur les photos; chacune semblait ramener un souvenir à la surface.

Soudain, Kevin eut l'impression qu'il avait sous les yeux des portraits, des portraits d'amis de Bud. Il aurait pu donner un nom à chaque vague. Kevin était fasciné par la perfection de ces images, plus belles que les galaxies, plus belles que des aurores boréales; des vagues, grandes et petites, grises et vertes, lisses et marbrées, violentes et douces, délicates et massives, translucides et crémeuses; des vagues, comme Kevin n'en avait jamais vu. Ce tube était comme un tunnel sans fin qui lui donnait le vertige.

– *Now let's go to the real stuff !**

La voix de l'Australien sortit Kevin de sa contemplation.

Bud prit ses palmes, son sac en toile et verrouilla les portes du bus. Puis tous deux suivirent le sentier parfumé qui menait à la dune.

Ils passèrent de l'univers ombragé des pins à l'implacable soleil d'été, déjà éblouissant malgré l'heure matinale. Le cœur des vagues battait fort. Celui de Kevin aussi. Il ressentit le besoin de briser le silence :

– Toi, Bud, ça fait longtemps que tu vas nager dans les vagues?

– Longtemps?

La question sembla le surprendre.

---

* Maintenant, passons aux choses sérieuses!

– Longtemps ?... je ne sais plus bien... mais disons : depuis que je sais marcher. D'ailleurs tu sais, un bébé sait tout de suite nager alors qu'il lui faut neuf mois pour arriver à marcher !

– L'Australie, c'est bien pour les vagues ?

– L'Australie...

Bud fit une pause, des pensées contradictoires se bousculaient en lui.

– Ah oui... c'est tellement immense... La Côte sauvage là-bas, elle fait des milliers de kilomètres ! Pour aller chercher les plus belles vagues, il faut parfois conduire longtemps, marcher dans le désert, ne pas craindre les mouches noires ni la présence des requins dans l'eau... Là-bas, il n'y a pas de plages surveillées ni de maîtres-nageurs à des milles et des milles à la ronde !

Presque aussitôt, une expression de tristesse vint voiler son regard :

– Mais tu sais, quand je suis parti d'Australie... j'ai... laissé beaucoup de choses derrière moi.

Ce fut comme si un fantôme avait brutalement resurgi. Ils continuèrent de marcher dans le sable tiède de la dune. A présent, l'odeur légèrement poivrée des embruns leur montait aux narines. Les yeux de Bud s'étaient rétrécis ; son regard était devenu plus brillant. Néanmoins il ne dit rien au garçon. Il ne lui raconta pas le souvenir qui le hantait depuis de longues années. Il était encore trop tôt. D'abord, les vagues.

Parvenus en haut de la dune, ils restèrent un moment à contempler la barre régulière, le blanc éclatant de l'écume, le déroulement si lisse des déferlantes. A un moment, Kevin eut l'impression que l'Australien venait de sursauter, tandis qu'il scrutait la mer, les mains en visière. Un sourire énigmatique illumina soudain son visage :

– Hé... je crois bien que nous ne sommes pas seuls, *my boy*...

Mais Kevin ne voyait rien, ni personne.

Bud hocha la tête, comme s'il avait reçu un message audible pour lui seul. Puis il dévala la dune jusqu'à une vieille souche grise ressemblant à un éléphant de mer où il déposa ses affaires, bien à l'abri du vent.

Kevin s'attendait à voir son ami courir vers l'eau mais, au lieu de cela, il s'installa en tailleur sur le sable, tout entier concentré sur la mer.

– N'oublie pas : avant de te mettre à l'eau, tu dois toujours observer la formation des vagues, compter les séries, chercher à voir les courants...

– Voir les courants ?

– Oui, oui, si tu as un peu l'habitude, tu finiras par remarquer un bouillonnement différent, des contre-vagues ou des rides sur l'eau qui te désigneront le courant. Tiens, regarde là-bas, entre les deux baïnes, tu vois ? Il y a une sorte de chenal ; on voit une légère trace sur l'écume. C'est un courant qui tire au large. Tu peux l'utiliser pour sortir. Mais surtout il ne faut pas se trouver dedans quand on essaye de rentrer et qu'on est fatigué ! Il y a tellement de gens qui se sont noyés bêtement, juste parce qu'ils essayaient de lutter contre le courant... Tu as vu hier comme tu te fatiguais à remonter le courant dans le canal, même avec des palmes aux pieds ! Parfois, le mieux c'est de se laisser porter où le courant te mène, même si c'est vers le large. Une fois de l'autre côté de la barre, on peut chercher le meilleur endroit pour rejoindre la plage. C'est alors qu'on est content d'avoir attentivement observé les vagues avant de se mettre à l'eau.

Bud désigna une série vers le nord :

– Tu vois, c'est là-bas que les vagues sont les plus

pointues, les plus hautes. C'est là qu'il faut se mettre pour les courir, le plus près possible du « pic ». Le démarrage est très important ; tu dois prendre le plus d'élan possible. Sinon, ce n'est pas toi qui domines la vague, mais le contraire.

Ensuite, il se tourna vers le sud :

– Là-bas, il y a un chenal. Tu vois, c'est l'extrémité, le bout des vagues ; là où elles sont les moins fortes. Tu peux facilement y passer la barre. Ensuite, tu nages vers le pic des vagues et bzzzoum !

Il fit le geste de surfer, la main ouverte dans une vague imaginaire, un sourire enfantin sur ses lèvres un peu fendillées.

Ils se turent quelques instants et Kevin se concentra sur les séries. Il distingua deux groupes de vagues, peut-être trois ; il ne savait pas au juste, et cela le déconcertait. On aurait dit que Bud avait clairement suivi le cours de ses pensées :

– Commence par compter les vagues les plus hautes, les plus remarquables... Tu sais, Kevin, il en est des vagues comme des humains... Il y en a des vieilles et des jeunes, des bonnes, des mauvaises, il y en a qui te prennent en traître et d'autres qui te mènent en douceur au paradis... Chez moi, en Australie, on leur donnait toutes sortes de noms...

Ses yeux très bleus cillèrent tandis qu'affluaient de nouveaux souvenirs. Dans le soleil levant, son crâne lisse ressemblait à une pierre levée.

– Ça fait longtemps que tu n'es pas retourné en Australie ?
– Longtemps ?...

Bud eut un regard tendre vers le garçon.

– Et tes copains, ils ne t'ont donc pas raconté ma vie ?

– Hein ? Non... juste deux ou trois petits trucs, je n'en sais rien moi... Pour eux, tu... tu es plutôt mystérieux.

– Mystérieux ?

L'Australien répéta le mot avec un demi-sourire.

– On ne t'a pas dit que j'étais cinglé, dangereux ?

– Dangereux ?

Kevin le fixa avec des yeux ronds.

– Pourquoi ?

Bud soupira profondément :

– Tu sais, on a raconté pas mal d'histoires sur moi... Une fois, même, j'ai sorti de l'eau un type qui se noyait, pas très loin d'ici d'ailleurs. Arrivé sur la plage, je me suis fait tomber dessus. On m'a accusé de nager en dehors des baignades surveillées, on m'a accusé d'entraîner les autres dans des zones dangereuses... On m'a traité de cinglé. C'est peut-être aussi à cause de mon crâne rasé... les gens n'aiment pas ça... ils pensent qu'on appartient à une secte... Moi, je leur ai dit que c'était pour mieux fendre les flots ! Tu aurais vu leurs têtes...

Le sourire fut vite chassé par d'autres pensées ; il regarda Kevin droit dans les yeux :

– Tu sais, je suis un doux, mais dans certains cas je peux devenir violent...

Soudain Kevin fut envahi de doutes. Le regard transparent de cet homme si différent lui faisait froid dans le dos. De toute évidence, Bud pouvait devenir sauvage et redoutable dans certaines circonstances.

– Après tout, les dauphins et les baleines n'ont ni poils ni cheveux... Ils n'ont pas de mains non plus... et c'est peut-être pour cela qu'ils sont restés des sages...

Bud parlait comme pour lui-même.

Durant quelques instants, Kevin devina que les pensées de l'Australien dérivaient loin, très loin de cette plage landaise, vers les latitudes australes de son continent d'origine. Il perçut aussi l'ombre qui envahissait ses yeux, une ombre froide et douloureuse. Une ride verticale barrait son front. Témoin d'un secret bien enfoui, qui faisait encore mal.

Mais bientôt les vagues captèrent à nouveau toute leur attention :

– Regarde bien, Kevin. Observe. Concentre-toi. Mémorise. Il y a une longue respiration entre les séries, une fois que la cinquième vague a pété. C'est le meilleur moment pour passer la barre... *You get it, boy ?*

– *Yes*, répondit Kevin en souriant. Compris !

– As-tu pris ta flûte, au moins ?

– Euh... oui. Elle est dans mon sac, mais je...

– Et tes palmes... fais voir tes palmes...

Il les regarda sous tous les angles, éprouva leur souplesse, leur solidité.

– Tiens, au fait... j'ai un petit cadeau pour toi.

– Ah bon ?

De son sac, l'Australien sortit une curieuse paire de sangles noires, faites avec de larges bandes de caoutchouc.

– Ce sont des fixe-palmes. Avec ça, Kevin, tu ne risques pas de perdre tes palmes dans un rouleau.

Puis Bud sortit son appareil photo étanche caparaçonné de plastique orange. Il examina l'appareil sous tous ses angles. Ce faisant, il lança distraitement à Kevin :

– Bon... tu n'auras qu'à me suivre. On va sortir avec le courant, juste à la fin d'une série. Plonge bien sous les vagues. Ni trop tôt ni trop tard. Essaye de les compter pour savoir où tu en es, et surtout, ne laisse pas tes émotions prendre le dessus et te bouffer tout ton oxygène! Tu en auras besoin pour d'autres choses... Si tu es pris dans une vague, détends-toi, laisse-toi emporter; surtout, retiens ton souffle. Tant que tu retiens ton souffle, Kevin, tu es comme une bouteille poussée par les vagues... Regarde la plage... tu vois toutes ces ampoules électriques qui arrivent, intactes sur le sable? Et pourtant, leur enveloppe de verre est bien plus fragile que ta propre peau... Elles ont navigué des milles et des milles dans le Gulf Stream, puis elles ont été roulées dans les vagues avant d'être délicatement déposées sur le sable... Tu es souple, Kevin. Fais confiance à ton corps...

Kevin hochait la tête, conscient qu'il se trouvait au seuil d'une initiation. Il avait la chair de poule.

– Si tu veux pouvoir retenir longtemps ton souffle, il faut d'abord apprendre à respirer. Tiens... prends ta flûte et joue-nous un peu de musique.

Kevin obéit et souffla maladroitement quelques notes disparates qui eurent tôt fait de s'éparpiller dans le vent.

– Inspire, *boy*. Tu sens l'air du large ? Laisse-le entrer en toi... et puis après... *blow, just blow* !* Expire, Kevin, cherche le ton... juste une note. Cherche le ton !

Kevin essaya quelques notes, basses, hautes, et finit par en trouver une, et une seule, plus grave, qui s'accordait avec le bruissement de la rumeur océane.

– Vas-y... ne t'arrête pas. Exxxxpire !

Il y avait une sorte de dureté minérale dans la voix de Bud, et cela inquiéta légèrement Kevin. Peut-être l'Australien avait-il surestimé ses forces. Peut-être allait-il l'entraîner dans une situation dangereuse... Il soufflait toujours dans sa flûte, et Bud l'incitait par ses gestes à maintenir la note.

– Va chercher tout l'air qui est coincé en toi, Kevin, va le chercher au fond de ton ventre et fais-le remonter lentement jusqu'à tes clavicules.

Mais Kevin n'en pouvait plus et il s'arrêta de souffler.

– Et maintenant, inspire tranquillement. Commence par le bas du ventre, puis pense à

---

* Souffle !

ton ventre, Kevin, ton ventre! Emplis bien tes poumons... tu as chassé tout ton gaz carbonique, à présent, fais le plein de bon air marin.

Pendant que Kevin respirait, Bud prit la flûte et se mit à produire une note, une seule note, assez haute et forte, qu'il semblait adresser à la mer. Il se vida ainsi de tout l'air qu'il avait en lui et cela prit un bon moment. A bout de souffle, il laissa échapper deux notes suraiguës et reposa la flûte, un sourire aux lèvres :

– Tu sais, Kevin, j'ai connu des abos, dans le *bush*, dans la brousse, quoi. Ils ont une façon de jouer de la flûte...

– Des abos?

– Oui, des aborigènes, tu sais. Les premiers habitants de l'Australie, quoi. Ce sont des hommes extraordinaires. Certains possèdent des pouvoirs magiques...

Une ride verticale barra une fois de plus son front lisse.

– Mais voilà, on les a chassés, exterminés comme des kangourous!

En prononçant ces mots, une expression de rage froide avait traversé son regard et les muscles de ses mâchoires s'étaient contractés.

– Et comment jouent-ils de la flûte? demanda Kevin pour détendre l'atmosphère.

Bud se radoucit :

– Ils arrivent à expirer et à reprendre leur respiration sans s'arrêter de souffler un instant. Ils peuvent jouer une note ininterrompue pendant des heures !

Kevin continuait à respirer et à bien reprendre son souffle.

– Ne force pas, lui dit Bud, fais-le en douceur, sinon tu vas brûler ton oxygène...

– J'ai presque la tête qui tourne...

– C'est normal... ralentis... Les plongeurs du monde entier connaissent cette technique. On appelle ça « l'hyper-ventilation ». Si on le fait en douceur, c'est une technique valable. Sinon, elle peut être dangereuse.

Deux vagues. Une respiration.

– Par le nez, Kevin, respire par le nez, c'est la respiration de la force, de l'intelligence.

D'un coup, Bud se leva, aussitôt imité par Kevin. Il était temps de se mettre à l'eau. Ils trottèrent côte à côte jusqu'à la grève parmi les puces de mer affolées. Puis Bud se mit à courir en poussant des cris sauvages. Son appareil et ses palmes à la main, il piqua une tête dans les jupons blancs de la mer.

Kevin eut une courte hésitation. De près, les vagues paraissaient bien plus grosses, l'eau plus froide. La plage était déserte et il mesura leur isolement. En cas de pépin ils ne pourraient compter que sur eux-mêmes. Bud lui fit signe. Le garçon n'avait plus le choix ; il fallait y aller. Les rouleaux explosaient comme d'énormes mâchoires et une épaisse mousse d'écume couvrait l'eau. Kevin avait commencé à enfiler une palme, mais Bud lui fit « non » de la main et cria :

– Dans l'eau, *boy*, tu les mettras dans l'eau. Les canards ne vont pas nager dans les vagues !

Un peu vexé, le garçon s'élança, saisi par la froide turbulence. Le temps qu'il enfile ses palmes et ses fixe-palmes, Kevin se trouva vite déporté vers le large par le courant de marée. S'il avait été seul, il aurait peut-être paniqué tant le courant le tirait avec insistance.

Il ne se trouvait qu'à quelques mètres de la plage et déjà il se sentait glacé, affaibli, fétu de paille entre les crocs de Neptune, fou qu'il était d'avoir accepté un tel défi !

Bud était là, tout près, alors que Kevin ne cessait de se retourner avec insistance vers la plage comme pour mieux estimer la distance qui l'en séparait :

– Ne t'accroche pas à la terre, Kevin. Laisse-toi aller. Tourne-toi vers les vagues. Deviens une petite bouteille portée au gré des flots. Dis-toi bien que la sécurité n'est pas vers la plage, *boy*, mais de l'autre côté de la barre…

Ils se mirent alors à nager en profitant

de l'élan donné par le courant, propulsés par leurs palmes. Kevin n'avait pas compté les vagues, loin de là, et il plongea sous les premières sans savoir ce qui venait derrière. Mais Bud le mena sans encombres à travers la barre lors d'un moment de calme et bientôt ils l'eurent franchie.

– Tu vois, Kevin : ici, le courant est un peu moins fort. On peut le prendre en travers. Viens !

Il partit d'un crawl lent et puissant vers le nord, montant et descendant sur l'ample houle qui se ruait vers la plage. Kevin s'efforça de le suivre, vérifiant constamment qu'il ne se rapprochait pas de l'endroit où se formaient les vagues. Au bout d'un moment, il crut voir Bud un peu plus loin au large et il se mit à obliquer vers ce point. Juste un point noir qui se déplaçait à la surface miroitante de la houle. Il lui fit signe une ou deux fois mais en vain. Il se mit à crawler à son tour, tête dans l'eau, et au bout de quelques mètres regarda à nouveau. Son sang se figea alors dans ses veines : ce qu'il voyait à présent de façon très nette était un aileron noir et brillant qui fendait l'eau avec aisance. Le spectre du grand requin mangeur d'hommes revint le hanter. « Décidément, il me poursuit », songea-t-il effrayé, presque paralysé. Passé le premier réflexe de peur, Kevin, fasciné, suivit l'aileron des yeux. Il distinguait tous les détails, les cicatrices, les nuances bleutées, la forme légèrement incurvée, la naissance du dos. D'un coup cet aileron cessa d'être une menace de mort. Il lui trouva même un air chaleureux, comme s'il soufflait à son oreille : « Viens, suis-moi. On va jouer ! »

Dans les reflets du soleil il eut alors un doute terrible. Car ce n'était plus un aileron qu'il voyait à présent mais une épaule, une tête humaine qui n'était pas celle de Bud. La main en visière, ses jambes pédalant dans l'eau pour se maintenir en surface, Kevin poussa un cri de surprise : il s'agissait bel et bien d'un nageur, tout comme lui et non d'un requin !

Les yeux écarquillés, Kevin finit par distinguer un garçon de son âge qui nageait vers lui en souriant. Ses cheveux étaient d'un blond cendré, ses yeux brillants et ses dents aussi blanches que du corail. Il avait même l'impression de bien le connaître... Et l'autre enfant semblait l'appeler, comme pour jouer... Il entendait ses cris, ou bien étaient-ce les cris d'un oiseau de mer ?

Et les cris devenaient de plus en plus aigus, de plus en plus insistants. N'étaient-ils pas plutôt des appels de détresse ? Mais oui ! Ce garçon était bel et bien en difficulté à quelques mètres de lui. Il l'appelait à l'aide !

Alors qu'il s'apprêtait à foncer vers le nageur, Kevin crut voir à nouveau l'aileron recourbé se diriger sur lui. Il entendit un curieux son, un souffle. Puis plus rien.

La surface de la mer était déserte. La voix sonore de Bud le tira de son hébétude. Son esprit lui jouait-il donc des tours ?

– Hé ! Tu viens ?

Loin derrière, Bud lui faisait signe, soulevé par une houle de plus en plus pentue. Kevin regarda à nouveau dans l'autre direction mais il n'y avait plus rien. Ni garçon, ni aileron. Avait-il tout imaginé ?

Il se mit à nager vers Bud de toute la force de ses palmes, encore bouleversé par ce qu'il avait cru voir. S'il y avait un garçon en détresse, il fallait absolument prévenir Bud, aller l'aider !

Mais il n'en eut pas le temps. Un signe de l'Australien lui fit tourner la tête : une vague arrivait, prête à se recourber. Il fallait plonger. Kevin piqua une tête dans la colline turquoise qui s'étirait et fut bousculé par les turbulences. Lorsqu'il refit surface, une nouvelle vague était là, menaçante, masquant le ciel.

Kevin se sentit minuscule devant le grand cobra bleu qui se dressait comme pour mieux le frapper. Non loin, il entrevit Bud, décontracté, qui regardait par l'objectif de son appareil étanche. Bientôt l'arche translucide jeta vers eux sa grande lèvre de cristal. Ils furent hissés sur une paroi verticale et Kevin aperçut Bud qui s'enfonçait sous l'eau ; il l'imita bien vite. Il dut lutter de toutes ses forces contre les courants tourbillonnants de la vague en formation pour n'être pas entraîné dans la cascade blanche.

– Elle était belle, hein ? C'est la troisième de la série. Les deux autres sont plus petites, regarde !

En effet, une autre vague arrivait, plus petite mais bien formée. Bud se mit en position pour nager dans le même sens que la vague. Au moment même où il était entraîné sur la pente, il lança au garçon, un sourire radieux aux lèvres :

– *See you later boy !* *

---

* A plus tard, mon garçon !

Pris dans le mouvement, Kevin choisit la cinquième vague, moins grosse encore ; mais bien assez cependant pour se saisir de lui, l'empoigner... Et soudain cette vague, puissante comme un éléphant d'écume, prit son envol. Kevin se vit, petit cornac de rien du tout, perché sur le dos gris de cet animal fabuleux, lancé au grand galop sur le vide tout bleu. Le pied de la vague était une belle courbe très lisse, un toboggan brillant qui l'attirait.

La chute n'en finissait pas et pourtant la douce explosion vint, au ralenti, dans un fracas d'écume éblouissant. Le goût violent du sel remonta du fond de sa gorge jusque dans ses narines. Il fut précipité en tous sens dans le tohu-bohu du rouleau. Retiens ton souffle, Kevin !

La surface, enfin la surface !

Submergé par une joie intense, Kevin n'avait qu'une envie : recommencer, jouer encore avec les vagues.

Plus loin, dans l'eau blanche, l'appareil à la main, Bud le regardait en riant :

– Bravo ! Tu l'as bien prise... j'ai même fait une photo ! Pour la prochaine, essaye de démarrer tout de suite en travers de la vague... pas de face. Lance-toi sur le côté, tu dois glisser en parallèle avec elle pour pénétrer dans le tube. Allez, on y va !

Avec fougue, Bud repartit à l'assaut des vagues, aussi énergique que le saumon remontant son torrent d'origine.

Et ainsi Kevin courut d'autres vagues, empli d'un enthousiasme grandissant, suivant les conseils de l'Australien. Il se sentait plus fort, pas fatigué le moins du monde et ne remarquait même pas la chair de poule sur ses épaules. Bud courait les vagues avec une grâce déconcertante, le torse hors de l'eau, un bras tendu, l'appareil photo au poing, ondulant de ses palmes dans les creux, devançant l'aile d'écume, se laissant enfermer dans le tunnel cristallin, réapparaissant avec un formidable sourire. Mais soudain, son sourire disparut, vite remplacé par un sentiment d'inquiétude :

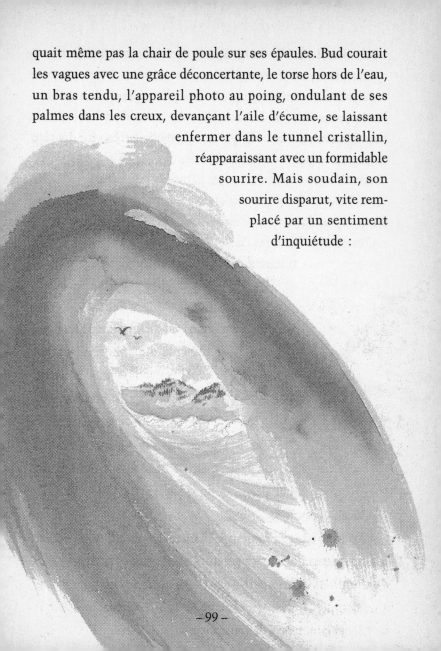

– Suis-moi vite, Kevin ! On va se cacher dans le bouillon !

Sans perdre un instant, ils nagèrent vers une zone agitée de vagues et de contre-vagues où ils seraient presque invisibles. Kevin entendit alors le battement des pales d'un hélicoptère, bourdonnement saccadé qui se rapprochait très vite. La tête émergeant à peine de la mousse, les yeux rougis, l'Australien observait attentivement le point noir dans le ciel, tel un gros frelon menaçant. Un peu avant que l'hélicoptère ne soit au-dessus d'eux, il posa la main sur l'épaule de Kevin et lui cria de plonger. C'était un ordre. Sous l'eau, Bud le maintenait en douceur. Ils restèrent de longues secondes sous les remous de la surface. Enfin la main quitta son épaule et Kevin jaillit à l'air libre, avide d'air. Bud observait l'hélicoptère qui s'éloignait. Il ne relâcha son attention que lorsque celui-ci eut disparu.

– S'ils nous avaient vus, ils seraient venus pour nous sortir de l'eau... ça m'est déjà arrivé.

– Mais... pourquoi ?

– Tu sais, c'est la fameuse « baignade surveillée »... Ici, ce n'est pas surveillé, alors c'est interdit ! Tu vois, en Australie on a des milliers de kilomètres de côtes sauvages. On apprend vite à ne compter que sur soi-même, à être responsable. Avec la mer, c'est comme ça, de toute façon...

Bud n'était plus si joyeux :

– Allez, Kevin, viens, on sort de l'eau maintenant.

– Mais Bud... je m'amuse bien, tu sais... J'aimerais rester encore un peu !

– Je sais, *boy*, je sais. Mais on sort quand même.

La dureté de sa voix inquiéta le garçon. Il sentait de profonds mystères dans les yeux rouges de l'Australien. Kevin débordait de questions et n'osait en poser aucune. Une fois sur la plage, le visage fermé, Bud dit à Kevin :

– Fais-moi plaisir, joue un peu de ta flûte... pour un ami à moi...

Assis sur le sable, il scrutait la mer. Surpris, Kevin prit la flûte et chercha une mélodie appropriée, lente et profonde. Bud lui fit alors signe de continuer à jouer tout en marchant avec lui vers la grève humide. C'était à peine si Kevin s'entendait dans le fracas des rouleaux.

Soudain, l'Australien se mit sur la pointe des pieds, attentif, puis, sans un mot ni un regard, il courut face aux vagues et se mit à nager vers les rouleaux. Qu'avait-il donc vu ?

Pendant le trajet du retour, Bud resta silencieux au volant de son minibus. Il ne répondait à Kevin que par des mots brefs, au point que le garçon en vint à se demander s'il l'avait contrarié de quelque manière.

– Tu es fâché à cause de moi, Bud ?

Il fallait que Kevin pose la question, qu'il en ait le cœur net. Le petit bus filait sur une route droite interminable, bordée de hauts pins. L'homme le regarda d'une drôle de façon.

Ses yeux semblaient encore plus rouges que d'habitude.

– Non, non, je ne suis pas fâché, Kevin. *Don't worry !*

A nouveau cette menace d'orage dans son regard.

Kevin repensait à ce qui s'était passé tout à l'heure. Bud était resté un moment dans les vagues ; il l'avait perdu de vue. Puis à sa grande surprise, il l'avait vu sortir de l'eau, traînant derrière lui une forme sombre. Un court instant, effaré, Kevin avait même pensé qu'il s'agissait de ce garçon en difficulté qu'il croyait avoir vu ! Mais non. Il s'agissait d'un morceau de filet trouvé à la dérive. Kevin l'avait aidé à le sortir de l'eau. Ils s'étaient maculé les mains et les jambes de goudron en le halant jusqu'en haut de la dune.

– Des filets ! avait rageusement lancé Bud. Toujours des filets ! Tu vois, Kevin, les hommes sont aveugles ! Ils ne savent pas le mal qu'ils font...

Ses yeux injectés semblaient invoquer un dieu obscur tapi au fond des mers.

– Ils ne voient que le fric ! Au nom du fric ils détruisent la vie...

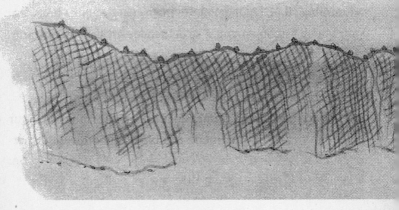

Accroupi près du filet, il jouait avec les mailles de nylon :

– Les filets aussi sont aveugles, Kevin; ils emportent tout sans distinction... Il y en a même qui font plus de cent kilomètres de long et qui prennent tout ce qui vit sur leur passage. Ce sont des chaluts, des sennes, des filets dérivants... Les pêcheurs s'en servent pour prendre une seule sorte de poisson, le thon ou le saumon, par exemple, mais leurs filets tuent tout ce qui passe. Alors ils rejettent à la mer toutes les créatures qui sont mortes pour rien... C'est une véritable hécatombe, Kevin, qui détruit les oiseaux de mer, les tortues, les grands poissons du large, les phoques, les dauphins et même les baleines... Je hais les filets !

– C'est horrible...

– Mais le pire, Kevin, c'est que bien souvent les pêcheurs perdent ou jettent leurs filets en mer. Et ces filets fantômes dérivent au gré des courants en continuant à tuer inutilement les milliers d'animaux qui s'empêtrent dedans... Une fois le filet bien chargé de mort, il coule au fond de la mer... Et là, Kevin, qu'est-ce que tu crois qu'il se passe ?

– Euh… je ne sais pas… personne ne le voit et personne ne le sait ?

– Pas seulement ça. Les cadavres se décomposent. Et lorsque les crabes les ont dévorés, tu sais ce qui arrive ?… Le filet remonte à la surface et recommence son travail de mort, et ainsi de suite, il tue, il coule, puis il remonte à nouveau… le nylon met très très longtemps à se décomposer…

– Mais… il y en a beaucoup, comme ça ?

Bud hocha tristement la tête :

– Suffisamment pour faire plusieurs fois le tour de la terre !

Ils traversèrent un village envahi par les estivants, sans rien dire. Kevin était triste et écœuré. Tout ce gâchis… Hossegor n'était plus qu'à sept kilomètres. Bud était bouleversé, lui aussi :

– T'inquiète pas, Kevin, ce n'est pas contre toi que je suis fâché. Non, au contraire. C'est juste que… tu me rappelles un… quelqu'un que… que j'ai beaucoup aimé.

Il avait eu du mal à prononcer les derniers mots et se referma comme une huître. Kevin comprit qu'il n'en dirait pas plus et se garda bien de poser une seule question.

De retour chez sa tante, Kevin se sentait tout drôle. Il était encore plein de soleil, de vagues, de sable. Il vit la Méhari de Thierry garée devant le portail, les planches de surf entassées, du sable encore collé sur leurs surfaces multicolores.

Comme toujours, tout se passait à la cuisine, où il trouva Joël et Thierry en train de se faire de grandes tartines. Au premier, une musique rythmée venait de la chambre des filles. Avec un

pincement de cœur, Kevin reconnut la voix
de Floria.

– Tiens donc ! Un revenant !

C'est par ces mots quelque peu
moqueurs que Joël accueillit son
cousin. Tout en tartinant son pain
d'une épaisse couche de beurre, il
observa les cheveux de Kevin,
encore collés, emmêlés par le sel.

– Ma parole, on dirait que t'as passé la
journée dans la flotte ?

– Oui. J'ai bien nagé aujourd'hui.

– Mais tu étais où ?

– Oh… c'est vers le nord… je ne sais même pas si la plage
porte un nom spécial.

– Ah là là… t'en fais des mystères, quand même !

– Mais non…

– … Salut, Kevin !

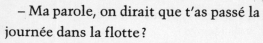

Comme toujours, tante Lise arrivait au bon moment.

– Tu veux goûter ? Il y a des yaourts dans le réfrigérateur. Enfin… si Joël n'a pas tout englouti !

Joël haussa les épaules et poussa un profond soupir.

Un peu plus tard, une conversation entre Joël et
Thierry lui fit dresser l'oreille :

– Au fait, tu as vu les chasseurs, sur la dune ?

– Tu parles... ils étaient furax, les gars. Ça m'ennuie, j'ai vaguement l'impression qu'ils nous soupçonnent.

– Il y avait deux gendarmes avec eux tout à l'heure.

– Bonne ambiance...

– Ouais. Mais mets-toi à leur place. Les filets coûtent cher et quelqu'un vient les saboter pendant la nuit...

– Quels filets ? demanda Kevin qui avait subitement pâli.

Les deux autres le regardèrent en fronçant les sourcils.

– Les filets à palombes, pardi ! répondit Thierry avec son bon accent du Sud-Ouest. Tu ne les as pas vus, sur la dune, là où on va surfer ?

– Non.

– Les chasseurs tendent des filets à même le sable avec un mécanisme de poulies et de ressorts. Puis ils se planquent dans leur petite cabane de branches, et ils attirent les palombes avec un faux oiseau. Quand elles arrivent... tcchac ! ils relâchent le filet. Ils en capturent des centaines comme ça, et depuis des années...

Les paroles de Bud résonnaient dans la mémoire de Kevin : « Je hais les filets !... »

Puis il revit les chasseurs soupçonneux inspectant l'intérieur du petit bus, la veille. Se pouvait-il ?...

– Il y a des types qui ne sont pas d'accord, compléta Joël un peu doctement, et ils viennent saboter l'installation pendant la nuit. D'un côté, je comprends leur point de vue. Moi je ne le ferais pas, mais c'est vrai que les chasseurs tuent beaucoup d'oiseaux de cette façon.

– En tout cas, reprit Thierry, si jamais ils chopent ceux qui ont fait le coup, il va y avoir de la castagne.

Kevin était préoccupé. En montant vers la chambre, c'est tout juste s'il remarqua Floria, venue rendre visite aux sœurs de Joël. Il ne savait que dire. Elle le regardait bizarrement, mais avec tendresse.

– Alors, Kevin… tu as passé une bonne journée ?
– Euh… oui… enfin… je ne sais pas…
– Tu as l'air tout chose… qu'est-ce qui ne va pas ?
– Non, rien. Ça va. C'est rien… c'est…

Floria attendit qu'il finisse sa phrase mais il resta muet. On entendait une vieille chanson de David Bowie de l'autre côté de la porte. Sous l'insistance de son regard, Kevin baissa les yeux.

– Tu sais, continua Floria, je t'ai vu, hier après-midi. Tu es passé devant le Café de Paris. Je t'ai fait signe mais tu n'as rien remarqué.

Kevin prit un air perplexe et gêné.

– J'ai voulu te rejoindre, souffla-t-elle plus bas, mais tu étais avec quelqu'un... Je ne savais pas que tu connaissais personnellement Bud...

Ainsi, elle savait! Kevin eut un coup au cœur. Son petit secret était bien mal gardé. Que pouvait-elle penser?

– Tu as de la chance de le connaître, c'est sûrement un homme passionnant. Mais fais attention quand même, Kevin; on raconte de drôles d'histoires à son sujet...

– Mais oui, je sais! répondit Kevin qui, sans le vouloir, avait pris un ton agacé.

– Bon, bon... excuse-moi... je voulais juste...

– S'il te plaît, Floria... je préférerais que tu n'en parles pas trop.

Kevin jeta un coup d'œil inquiet vers l'escalier et la cuisine.

– Ne t'inquiète pas, j'en parlerai à personne. Je ne comprends pas très bien pourquoi, mais... bon.

– Ecoute... c'est difficile à expliquer... et puis tu sais, Bud est quelqu'un de très... comment dire... il n'aime pas trop le monde...

– Et toi non plus, pas vrai?

Kevin devint tout rouge. Le regard de Floria le transperçait. Il aurait voulu avoir le courage de la prendre dans ses bras, afin de sentir le parfum de ses cheveux, la tiédeur de son cou gracieux.

Au lieu de cela, il restait planté là, bredouillant :
– Oui... non... enfin c'est vrai que j'aime bien être seul parfois... mais... enfin je veux dire...

– Oui, oui. Je comprends. Tu es un poète solitaire, n'est-ce pas ? Et moi ? Tu dois penser que je suis frivole, que j'aime la foule, c'est ça ?

Le rouge lui était monté aux pommettes.

Avant que Kevin ait pu répondre quoi que ce soit, Floria était repartie vers la chambre des filles toujours pleine de musique. Désarmé, Kevin resta dans le couloir, habité par un sentiment d'échec. Joël, Thierry, Floria... Ils semblaient se détourner de lui et l'abandonner à son sort.

Sur les murs de la chambre, des posters de vagues sauvages lui rappelaient sa journée dans les rouleaux en compagnie de

l'Australien. Sa tête tournait et la fin du jour lui apparut comme une plongée dans les ténèbres. Un cafard monstre s'abattit sur lui avec la violence d'une grande vague noire.

CHAPITRE QUATRE

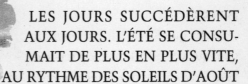

LES JOURS SUCCÉDÈRENT AUX JOURS. L'ÉTÉ SE CONSUMAIT DE PLUS EN PLUS VITE, AU RYTHME DES SOLEILS D'AOÛT et des nuits qui rallongent. Chaque jour, Kevin retrouvait Bud et ils allaient nager dans les vagues, loin des baignades surveillées.

Désormais, Kevin était à son aise même dans les gros rouleaux et il suivait l'Australien joyeusement, glissant encore et encore sur le flanc des vagues.

Parfois, ils marchaient des heures durant sur la grève, à la recherche des mille et un trésors ramenés par la marée. Tantôt c'étaient des jouets en plastique que Bud considérait avec une froide ironie, tantôt c'était un œuf de raie lisse et noir qui lui rappelait les raies mantas de son continent d'origine. Au cours de ces longues balades, les pieds nus sur le sable, Kevin apprenait beaucoup. L'Australien parlait des méduses, des courants, des algues; il observait les grains de sable, les bois aux formes tortueuses. Il faisait remarquer au garçon la ressemblance entre un os de seiche et une planche de surf; il lui montrait bien des choses, mais ne parlait que très rarement de lui ou de son passé.

Aux yeux de Kevin, Bud demeurait nimbé de mystère, tourmenté par un secret. Par moments, on sentait poindre en lui une douleur infiniment précise. Ses yeux se voilaient alors d'une encre transparente et rien ne l'atteignait plus ; il dérivait dans ses rêves; peut-être rendait-il visite à des fantômes de passage. Durant ces instants où il se refermait sur lui-même, l'Australien faisait peur à Kevin.

Depuis que Joël avait compris que son cousin nageait en compagnie de Bud, il ne lui posait plus guère de questions au sujet de ses sorties quotidiennes. Au fond, il lui enviait cette amitié avec un être si farouche, si habile à affronter les plus grosses vagues.

Tante Lise se faisait un peu de souci sachant son neveu parti nager au large de plages isolées, mais Joël l'avait rassurée :

– T'inquiète, maman, avec l'Australien, Kevin est plus en sécurité qu'avec une armée de maîtres nageurs !

Quant à Floria, elle fréquentait souvent Olivier et sa bande et passait de longues heures sur sa planche à voile. Elle et Kevin se voyaient moins, et pourtant chacune de leurs rencontres était aussi chargée qu'un orage qui couve dans un ciel clair.

Il arrivait à Kevin de se sentir extrêmement seul, se demandant s'il arriverait jamais à percer la carapace de Bud. Il aurait voulu abandonner cette initiation, retrouver ses amis, rire avec Floria sur la plage, surfer avec Joël et Thierry, ne plus être confronté aux vagues, aux courants, à la difficulté continuelle... Les levers à l'aube, les baignades au crépuscule, les longues marches pieds nus, le froid, la fatigue, la peur étaient autant d'épreuves pour lui... Mais l'amitié de Bud était précieuse, rare, fragile.

Après tous ces jours d'entraînement passés avec Bud, il ne tremblait plus devant les rouleaux, il comptait les séries, apprenait à bien se positionner et courait les vagues de mieux en mieux, tendu comme une flèche, glissant sur l'aile écumante, se laissant joyeusement enfermer dans le tube. Bud, lui, continuait à prendre des photos et à surveiller Kevin du coin de l'œil.

Mais il y avait autre chose. La curieuse sensation d'une présence à leurs côtés, dans l'eau, n'avait jamais quitté Kevin.

Peut-être ce fameux « requin » qu'il croyait avoir aperçu. Toutefois cette présence semblait bénéfique et rassurante.

La fin des vacances approchait...

Kevin ne s'était pas habitué aux sautes d'humeur de son compagnon. Un matin, il l'avait vu agresser verbalement un chasseur sous-marin qui partait tout seul, sur une plage isolée.

– C'est une grave erreur de plonger seul, lui répétait-il avec insistance.

– Chacun est libre, répondait l'autre qui avait bien l'intention de plonger, seul ou pas.

Alors Bud s'était fâché pour de bon, prenant l'homme à partie, jurant qu'il ne l'aiderait pas s'il se trouvait en difficulté.

– Et d'ailleurs, avait ajouté Bud, si vous vous baignez ici, vous risquez d'être gravement brûlé ! Il y a une physalie qui se promène là-bas, pas loin du bord. C'est une des plus dangereuses méduses. Elle a de très longs filaments qui font très mal...

L'homme s'était donc laissé convaincre devant tant de détermination mais était reparti fâché.

Après cet incident, Kevin avait demandé à Bud :

– Mais comment peux-tu lui reprocher de faire la même chose que toi ?

– *What do you mean, boy ?* Que veux-tu dire ?

– Eh bien, toi aussi, tu pars nager tout seul...

– Seul ?

Jamais Kevin n'oublierait le regard que Bud avait eu alors. Il louchait presque, semblant évoquer ainsi une présence connue de lui seul.

— Mais Kevin... je ne suis jamais seul dans l'eau... il y a... il y a... Little Brother...

Les mots étaient sortis malgré lui mais il se ressaisit aussitôt, laissant Kevin dans un abîme de perplexité. Little Brother... Petit Frère... Qu'avait-il voulu dire par là ? Kevin dut attendre l'avant-dernier jour de ses vacances pour l'apprendre...

La nuit avait été très agitée. De gros nuages noirs se disputaient le ciel avec le disque blanc de la pleine lune. Par moments des éclairs lointains striaient l'horizon, le tonnerre grondait, et le vent, devenu capricieux, soufflait, tombait et repartait dans une autre direction.

Des hordes de moustiques assaillaient les dormeurs qui avaient laissé leur fenêtre ouverte. Des chiens attachés n'en finissaient pas d'aboyer et des bandes d'adolescents montés sur des mobylettes trafiquées faisaient un bruit d'enfer. Kevin se tournait et se retournait sur son lit sans trouver le sommeil. Cette lune éblouissante lui tapait sur le système. Son corps était couvert d'une fine sueur. Et comme d'habitude, Joël ronflait !

Dire que c'était l'avant-dernier jour des vacances... Après, ce serait le train pour Paris. La gare d'Austerlitz, la ville et ses embouteillages, ses parents séparés, son emploi du temps divisé...

Bud savait que Kevin devait partir le surlendemain mais il n'y faisait pas la moindre allusion. Le garçon comptait les heures. Plus que quarante-huit heures de vagues, de soleil, de sable. La mer sauvage céderait bientôt sa place aux rues de la capitale, au lycée. Il y aurait les dimanches pluvieux en forêt avec papa et ses amis, il y aurait la télévision, les cours, la routine...

Poignantes fins de vacances. Il sentait que Floria lui échappait et pourtant, il la trouvait encore plus belle, toute cuivrée, les cheveux blondis, l'œil empreint de nostalgie. Un jour, Kevin l'avait rencontrée, alors qu'il marchait sur la grève avec Bud, près du vieux blockhaus. Elle était avec une bande d'amis. Kevin en tremblait encore.

Il avait été fier de la présenter à Bud. Un instant, il eut l'impression de confronter Floria à une bête sauvage que personne n'avait su apprivoiser. Bud. Bud qui lui avait fait cadeau de son amitié. Floria était visiblement intimidée par cet homme si différent, souple et félin, avec son crâne chauve, ses yeux rougis, qui connaissait mieux la mer que les meilleurs nageurs du pays.

Lorsqu'ils étaient repartis, l'Australien lui avait dit :
– Elle est belle, Floria. Tu lui plais beaucoup, tu sais.
– Moi ?

Emu, Kevin s'était mille fois répété les paroles de l'Australien en qui il avait une grande confiance. Floria n'avait-elle pas de nombreux amis, ne riait-elle pas avec Olivier, accrochée à lui sur sa moto ? Avait-il donc été aveugle tout ce temps ?

Kevin se retrouva debout. Sans réfléchir, il sortit de la chambre et descendit l'escalier.

Sur la terrasse, il sentit tout de suite l'oppression qui montait de cette nuit indécise. L'air était lourd et moite. On sentait un grouillement d'insectes tout proches. Au loin, Kevin entendit le claquement sourd des vagues derrière les pins et les dunes. Explosions caverneuses qui portaient en elles une menace. Grandes voyageuses, vagues de tempête, elles prenaient leur élan, aboyant à la nuit pour annoncer leur galop final et destructeur...

Dans la cuisine, la pendule annonçait quatre heures sept. L'aube n'était plus très loin. Kevin se sentait bizarrement appelé par ces vagues qui clamaient haut et fort leur venue.

La nuit était noire, lourde de présages. Si seulement Bud avait été présent, il n'aurait pas hésité à s'aventurer tout seul... Mais fallait-il toujours attendre que Bud soit là pour agir ?

Kevin rassembla tout son courage.

Rien qu'en se fiant au claquement sourd des vagues, Kevin aurait pu avancer les yeux fermés dans les petites rues désertes bordées de villas endormies.

Près des lampadaires, des dizaines de petites chauves-souris volaient frénétiquement. Il savait que, tout comme les dauphins, elles utilisaient des ultra-sons pour se déplacer en aveugles avec une telle précision.

Les nuages gris se chargeaient d'électricité. L'air sentait l'iode et l'ozone.

La dune lui parut hostile. L'absence de vent était troublante. Il fut tenté de rebrousser chemin, de rentrer se coucher. Mais il y avait l'appel pressant des vagues et cette nuit était l'avant-dernière de son séjour. Après-demain, il serait dans sa petite chambre, rue de la Roquette, rêvant de vagues en regardant des magazines… Il devait profiter au maximum de la mer pendant qu'il était temps.

Soudain il eut un choc : à quelques mètres de lui était garée la camionnette de Bud. Avait-il, lui aussi, entendu l'appel des vagues ?

Il allait se mettre à courir lorsqu'il remarqua deux ou trois silhouettes autour du véhicule. Instinctivement, il sentit le danger. Bud n'était pas parmi eux ; Kevin s'accroupit derrière un buisson de genêts. L'air était si immobile qu'on entendait les chuchotements étouffés des hommes accompagnés d'une espèce de sifflement.

– Magne-toi !

– Ça y est… c'est bon !

L'instant d'après, ils avaient disparu dans la nuit. Kevin attendit un moment avant de bouger. Des portières claquèrent ; une auto démarra. Et toujours il entendait le feulement répété des vagues, de l'autre côté de la dune.

Kevin suivit la piste qu'ils avaient si souvent empruntée,

entre les chardons, avançant soigneusement dans le sable, les pieds nus.

Kevin trouva Bud exactement à l'endroit où il s'y attendait : assis en tailleur près d'une souche grise, tourné vers la mer, vers les vagues.

Il ne marqua aucune surprise en voyant le garçon arriver à une telle heure. Il ne bougea même pas la tête pour lui dire :

– C'est bien. Tu es venu. Regarde comme elles sont belles... avant midi on aura du gros swell...

Kevin s'efforça de les distinguer. D'abord il ne vit que les panaches blancs qui se formaient dans la pénombre. Parfois, au loin, il percevait les lueurs violacées des éclairs et, dans le ciel noir, les formes rebondies des gros cumulus.

En regardant attentivement il devina mieux les vagues, leur hauteur. Mais il fallait avant tout dire à Bud que des hommes venaient de crever les pneus de sa camionnette.

– Tu sais, Bud, en arrivant, j'ai vu des...

– Chh... ne dis rien, *boy*. Concentre-toi sur les vagues.

Ecoute-les. Compte-les. Elles ont peut-être un message pour nous... pour toi...

– Oui, mais il y avait des types qui...

– Je ne veux pas le savoir. Regarde bien... elles font déjà dix bons pieds... à l'aube, ça va être superbe. Avec ce ciel d'orage, il y aura de belles photos à faire.

– Mais...

– Oserais-tu, Kevin, aller nager maintenant ?

– Hein ?

– Tu as raison... moi non plus je crois... mais c'est encore plus magnifique, la nuit dans les tubes... Il y a tout ce plancton phosphorescent qui fait luire l'écume...

Un moustique vint bourdonner avec insistance dans le creux de son oreille. Kevin se sentit mal à l'aise. Cette fin de nuit le prenait à la gorge. Plus bas, obscure et inquiétante, s'étendait la masse sombre de l'océan menaçant, où il n'avait pas sa place : grande gueule écumante prête à le happer, lui, misérable petit grain de sable...

Derrière la dune un bruit de moteur lui rappela les hommes qui venaient de crever les pneus de la camionnette. Peut-être revenaient-ils à présent pour frapper un autre coup, plus malfaisant encore... Et Bud qui ne voulait rien entendre... Il n'avait d'yeux et d'oreilles que pour les vagues :

– Il doit y avoir une belle tempête dans le golfe de Gascogne pour nous donner des vagues comme ça. Regarde comme elles sont lisses et *glassy*, du vrai cristal...

– Je ne les vois pas vraiment, dit Kevin, mais il y a quelque chose que tu dois savoir, Bud...

– Kevin...

Bud, un peu solennel, s'était tourné vers le garçon. Dans la pénombre, avec son crâne rasé, il ressemblait à un moine sortant d'un lointain monastère.

Le garçon prit soudainement conscience qu'il ne leur restait plus beaucoup de temps à passer ensemble. Dès le surlendemain, leurs destins se sépareraient.

– Alors, Kevin. Qu'y a-t-il donc de si important, de si urgent ?

– Quand – il hésitait un peu à parler face à ce regard empreint de sagesse – quand je suis venu tout à l'heure... j'ai vu des hommes sur le bord de la route... Ils... ils étaient autour du bus... et... ils ont... crevé tes pneus.

Kevin entendit respirer l'Australien. Il poussa un profond soupir, essayant de rester calme.

– Et puis ils sont tout de suite repartis...

Tout d'abord Bud ne dit rien, puis il souffla :

– Eh bien maintenant, plus rien ne presse.

– J'ai entendu un bruit de voiture il y a un instant, et je me demandais...

– Oui. Je l'ai entendu aussi. Peut-être les flics... ils patrouillent toutes les nuits...

Bud voulut regarder à nouveau les vagues, mais le charme était rompu. Il aurait préféré demeurer serein, se concentrer sur les vagues, les voir évoluer au fur et à mesure que pointait l'aube, mais il y avait cet orage qui couvait dans le ciel... Et puis soudain, comme pour confirmer ses craintes, il y eut un bruit provenant de la route, un choc métallique qui fit sursauter Bud. Il se leva tel un génie sortant de sa bouteille, plein d'une farouche détermination.

Kevin ressentit alors un frisson le parcourir. Le danger était là. Des jours entiers, il avait côtoyé cet homme tout en sachant que derrière sa douceur et son calme se cachait un être capable de violence. Il n'avait jamais eu l'occasion de voir surgir cette violence. Lorsque Bud se leva, les pieds campés dans le sable, prenant une profonde inspiration, Kevin crut voir apparaître un guerrier tartare se préparant au combat.

– Reste assez loin derrière moi, Kevin. Pas besoin que tu sois mêlé à ça...

Sur ce, il fila à grandes enjambées vers le haut de la dune. Après une courte hésitation, Kevin le suivit à distance. Il avait peur de ce qui pouvait arriver : une confrontation, une bagarre peut-être. Bud n'était pas homme à se laisser impunément malmener... Mais que pouvait-il face aux hommes du pays, face à des chasseurs en colère ?

Kevin le perdit de vue dans la dune et marcha sur un chardon sec en poussant un cri. Alors qu'il retirait les épines de son pied, assis dans le sable, il entendit des cris du côté de la route, puis une voiture qui démarrait.

Lorsqu'il arriva, essoufflé, le pied endolori, il vit Bud, debout devant sa camionnette, entouré d'objets épars. Les hommes avaient cassé les vitres, ouvert la porte coulissante et saccagé l'intérieur du petit bus. Des vêtements, des photos, des livres, des papiers gisaient en désordre dans le sable.

L'Australien restait là, debout devant son bus aux pneus crevés et aux vitres brisées, parmi les objets qui avaient accompagné sa vie.

Ce bus lui servait de maison roulante, de bureau, c'était son nid, son abri. Les chasseurs avaient violé cette intimité, se comportant comme des brutes aveugles. Bud ne bougeait pas, c'était comme s'il voulait s'imprégner de ce spectacle.

Il s'accroupit alors sur le sable. Kevin crut qu'il allait ramasser les photos, les papiers ; au lieu de cela, il le vit examiner attentivement le sol. Il comprit qu'il repérait les traces des chaussures dans le sable humide. Après quoi il prit quelque chose sous le siège avant. Il y eut un éclat d'argent dans le reflet de la pleine lune. C'était la lame brillante d'un grand couteau de plongée. Sur le moment, Kevin craignit le pire : l'assaut, la violence, le sang.

Bud était déjà reparti d'un pas rapide vers la dune. Il marchait comme un robot ; on l'aurait dit imperméable au monde extérieur. Il n'entendait plus les vagues, il ne voyait plus poindre l'aube dans le ciel orageux, ni s'éteindre les dernières lueurs de la lune. D'un pas mécanique il se dirigeait vers une destination précise. Lorsque Kevin vit la cabane des chasseurs, il comprit. Bud était agenouillé et se livrait à un travail qui nécessitait beaucoup d'efforts.

Le garçon n'osait pas s'approcher. Cet homme qui luisait dans l'obscurité, avec son grand poignard à la main, était-il le Bud qu'il avait connu ou bien le fantôme d'un terrible guerrier ? Caché, Kevin le devina plus qu'il ne le vit, coupant les filets en plein milieu, les lacérant tels de redoutables ennemis. Un par un, il détruisit tous les filets de la dune jusqu'à les rendre irréparables. Le cœur de Kevin battait à tout rompre. Lorsque les chasseurs découvriraient cela, ils seraient prêts à tout. La police s'en mêlerait. Bud serait immanquablement arrêté, expulsé peut-être… Et ces vagues qui hurlaient de plus en plus fort sur la grève pour qu'on ne les oublie pas! Et ce vent qui refusait de se lever en même temps que l'aube! Quelle longue matinée en perspective!

Peu à peu, les lueurs de l'aube repoussaient la nuit. C'était le petit matin, gris, avec ses ombres trompeuses… C'est alors que Kevin se rendit compte que Bud avait disparu.

Il scruta la pénombre jusqu'à ce que ses yeux le piquent, sans parvenir à y déceler une présence.

Il décida de retourner vers le minibus. Une inquiétude grandissante le tenaillait. Mais Bud ne se trouvait pas non plus près de la camionnette. Ses affaires étaient toujours éparses sur le sol et le petit bus avait l'air misérable avec ses pneus crevés et ses vitres brisées. On aurait dit une épave. Déjà.

Cette vision serra encore plus le cœur de Kevin. Il fut pris d'une forte envie de réparer, d'arranger tout cela et se mit d'abord à ramasser les objets.

Le jour était là, maintenant, toujours lourd d'un orage retenu. Kevin, accroupi, ramassa une couverture, un livre anglais, un tuba de plongée, un couteau, des pinces, une hachette... et puis il remarqua une enveloppe qu'aucune brise n'avait emportée. Elle attira immédiatement son regard. Il s'agissait d'une vieille enveloppe un peu jaunie, *by air mail*, ouverte, d'où dépassait un article de journal. Sans même réfléchir, Kevin s'en empara.

Il vit tout de suite la photo en noir et blanc, un peu floue. Elle représentait un garçon de son âge debout sur une plage, souriant, la tignasse rejetée sur ses yeux par le vent. L'article était rédigé en anglais et Kevin ne saisissait que quelques mots. En regardant le sourire de ce garçon – David, disait la légende de la photo –, Kevin devina qu'il était mort.

Il eut soudain l'impression que deux yeux se posaient sur son dos, et il se retourna d'un coup. Mais il n'y avait personne. Tremblant, il remit l'article dans l'enveloppe et continua à ramasser les objets dispersés pour les ranger dans la camionnette. Mais la photo de ce garçon, David, l'obsédait.

Il prit le temps de ramasser les plus gros morceaux du parebrise éparpillés sur le bord de la route, puis il ferma la porte coulissante et repartit à la recherche de Bud vers la dune.

Les vagues avaient grossi. A présent, dans la lueur grise du matin, Kevin les voyait dans toute leur magnificence. Avec leurs grandes gueules marbrées, Kevin les imaginait telles des créatures sorties des abysses pour conquérir la terre. Une armée en marche, puissante, bien ordonnée. Chacune avait sa couleur, sa forme, son histoire particulière. Elles étaient toutes à la fois semblables et différentes. Un peuple liquide de géants.

Ce n'était que crinières, panaches, mâchoires, dos et gorges, ailes et griffes et cette trompe parfaite, interminable... Le tube se formait, caverne cylindrique, qui semblait appeler à elle les plus téméraires.

Plus au sud de la grande plage, bien après le blockhaus enseveli et la jetée, Kevin distingua des silhouettes. Quelques villas surplombaient la baignade surveillée que certains nommaient « la Grenouillère ». En haut des marches menant à la petite place, Kevin devinait trois personnes debout devant la mer, immobiles. Sans doute admiraient-elles aussi ce spectacle fascinant. Dans l'espoir d'apprendre quelque chose, il marcha vers elles.

Il s'efforçait de ne pas trop réfléchir, de faire le vide, ne prêtant attention qu'aux débris incrustés dans le sable. De temps à autre, il s'arrêtait pour contempler le déroulement des vagues. Les vagues qui transformaient cette plage familière en formidable arène pour le plus parfait des spectacles offert par la nature.

Un lointain tonnerre secoua la voûte nuageuse qui empêchait le soleil de se montrer. Kevin marchait avec l'impression poignante qu'un drame se préparait tout près de là. Et toujours revenait à sa mémoire l'image floue de ce garçon souriant, à la tignasse généreuse, en photo dans le journal. David... David... Qui pouvait-il bien être ?

En approchant de l'épi nord, il reconnut les trois silhouettes et vit la Méhari garée non loin de là.

Ils l'avaient vu aussi : plus question de faire demi-tour. Kevin craignait leurs regards, leurs questions.

En montant les marches pour les rejoindre, il s'imagina devant un tribunal. Mais Joël, Thierry et Sylvain étaient bien trop occupés à regarder les vagues pour sentir son trouble.

– Toi aussi tu es bien matinal ! lança Joël. Tu as vu ces monstres ?

Il désignait les vagues.

– Si le vent d'est se lève, elles vont monter à cinq ou six mètres...

– Vous allez surfer ?

Joël eut un regard indécis, un bref soupir :

– Je ne sais pas... il faut voir comment ça évolue. Il faudrait une grande planche...

Plus au sud se trouvaient l'estacade et le canal. Des bateaux sortaient, profitant d'une accalmie pour foncer plein pot dans la passe.

– L'eau est si calme derrière la barre... observa Sylvain.

– 127 –

– Il y a quand même une sacrée houle, ajouta Thierry en regardant un petit hors-bord qui escaladait les collines d'eau.

Joël se concentra sur ce bateau :

– Mais ma parole, c'est le bateau du père d'Olivier ! Regarde, il y a quatre personnes à bord. Et... on dirait qu'il y a Floria aussi...

Il eut un regard en coin vers son cousin.

Kevin rougit sous son hâle mais ne dit rien, les yeux rivés lui aussi sur le bateau où l'on reconnaissait Floria grâce à ses longs cheveux emportés au vent.

Ses rêves s'effritaient. Kevin eut une soudaine envie de pleurer. Des hommes traquaient Bud. Floria s'éloignait de lui en riant. Les vacances touchaient à leur fin. Les filets se resserraient autour de lui...

Le hors-bord filait maintenant en eau libre et Olivier mettait plein gaz, sautant comme un espadon sur la longue houle bien formée.

Et puis tout alla très vite. Une voiture arriva tout près d'eux en freinant brusquement. Le sang de Kevin se glaça lorsqu'il reconnut les chasseurs. De toute évidence, les hommes aussi l'avaient reconnu. Ils scrutèrent attentivement la plage avant de descendre de voiture. Le plus petit, un homme aux yeux globuleux, avec la peau rouge et une courte moustache, vint à lui sans l'ombre d'un sourire, en ignorant les trois surfers. Il se comportait comme un policier devant un malfaiteur. Lui et ses comparses avaient, sans aucun doute, découvert le saccage des filets à palombes.

– Dis-moi, mon gars... où est-ce qu'il est ton copain l'Australien ?

Tous le regardaient. Ses mâchoires étaient bloquées par la peur. L'homme prit cela pour une bravade :

– Fais pas le malin. De toute façon, on va le coincer ton copain. Ça c'est sûr...

Son sourire était encore plus effrayant que ses menaces.

Dans la voiture les deux autres écoutaient, prêts à bondir.

– Mais qu'est-ce qu'il vous a fait ?

Joël aimait bien jouer les grands protecteurs.

L'homme fit un geste pour lui dire de ne pas s'en mêler :

– Quand on nous cherche... on nous trouve ! Alors, petit, dis-nous où il s'est planqué !

– Je... je vous promets que je n'en sais rien...

– Ecoute-moi bien, maintenant : si tu le vois, dis-lui bien que c'est pas la peine de se planquer, on finira toujours par le trouver...

Ayant proféré sa menace, l'homme fit demi-tour sans un mot de plus et remonta dans la voiture qui repartit en trombe.

– Ouh là là, il est drôlement mauvais...

Thierry n'en revenait pas.

Joël en oubliait les vagues et dévisageait son cousin :

– Mais qu'est-ce que c'est que cette salade ? Qu'est-ce qu'il leur a fait, l'Australien, pour les rendre à ce point enragés ?

Kevin se contracta, pâle et très mal à l'aise. Il n'osait pas leur dire ce qui s'était passé sur la dune, à l'aube.

– Ecoute, Kevin. Ça suffit maintenant, les petits secrets. Le gars qui cherche Bud, je te garantis que ce n'est pas pour l'inviter à boire un verre...

– Merci de la nouvelle ! dit Kevin emporté par l'émotion.

Soudain Thierry se souvint de quelque chose :

– Ceux qui sont restés dans la voiture, eh bien ce sont ceux que j'ai vus sur la dune avec les gendarmes il y a quelque temps... ce sont eux qui chassent la palombe au filet.

– Les filets ? dit Joël en fronçant les sourcils... Est-ce qu'ils croient que c'est Bud qui a... ?

– Aïe, aïe, aïe, dit Sylvain, comprenant la situation, ça va faire du vilain.

Joël prit le bras de son cousin au biceps, pour mieux le secouer :

– Où est-il l'Australien ?

Kevin secoua la tête, plissa les yeux :

– Je vous jure que j'en sais rien ! Il était là ce matin... et puis...

– 130 –

il a... disparu d'un seul coup ! Mais n'empêche, ces types-là ont complètement massacré sa camionnette.

– Tu rigoles ?

– Non ! Ce matin, à l'aube. Ils ont d'abord crevé ses pneus, et puis après, ils ont cassé les vitres et saccagé l'intérieur... C'est pas beau à voir...

Les surfers, ébahis, écoutaient son récit. A présent, Kevin ne pouvait plus leur cacher le reste.

– Quand il a vu son bus dans cet état, il a pris un couteau et... il a déchiré les filets...

– Tous les filets ?

– Je... je crois...

– Ouïe, ouïe, ouïe !

Plus personne ne souriait. L'affaire était grave et pouvait mal tourner. Plus bas, sur la plage, près du poste de secours, un C.R.S. maître nageur en tee-shirt vint hisser le pavillon rouge en haut du mât blanc. Faute de vent, le petit drapeau triangulaire pendait mollement.

Leur attention fut alors attirée par le hors-bord où se trouvait Floria. Le petit bateau blanc était arrêté ; il montait et descendait sur la houle et les quatre occupants paraissaient s'affairer à quelque mystérieuse entreprise.

Il y avait un contraste frappant entre l'eau lisse et calme de la pleine mer et la violence des vagues déferlant dans un fracas d'avalanche. On aurait dit que le ciel s'apprêtait à voler en éclats et qu'il ne tenait plus que par un fil très fragile. Sans savoir pourquoi, Kevin se mit à compter les vagues d'une série.

Personne ne parlait. Chacun était trop absorbé à mettre bout à bout les événements, à maîtriser son émotion, pris entre les vagues menaçantes et la colère des hommes.

Puis tous se mirent à observer attentivement le canot blanc où se trouvaient Floria, Olivier et deux autres passagers. Joël se demandait si Olivier s'était mis en tête de jeter une ligne de pêche à l'eau, ou bien si Floria voulait se baigner. Mais l'endroit n'était pas très bien choisi. D'ailleurs, l'un des maîtres nageurs était sorti de la cabane avec une paire de jumelles. Kevin songea soudain que le danger s'approchait de l'horizon à grande vitesse.

Sous le canot, la houle devenait de plus en plus ample. Un courant invisible s'était emparé de l'embarcation et l'entraînait vers la plage, vers la zone de déferlement de ces grosses vagues qui pouvaient réduire un bateau en cure-dents. Forcément, Olivier ou Floria s'en étaient rendu compte.

Kevin se demanda s'ils n'étaient pas penchés sur le moteur. Se pouvait-il qu'ils soient en panne ?

Parmi les surfers, la tension était montée d'un cran. Tout le monde pensait à la même chose : une panne de moteur qui laissait l'embarcation à la dérive, attirée tout droit vers les rouleaux monstrueux.

Les maîtres nageurs se concertaient. L'un descendit vers la grève, une corne de brume à la main. Il la fit hurler plusieurs fois pour leur signaler le danger. Les deux autres préparaient le Zodiac. A présent, le hors-bord disparaissait entre les dos de houle.

« Six... sept... un calme... série de deux... puis trois et la quatrième la plus grosse... » Kevin venait de comprendre la séquence. Elle se répétait immanquablement avec un calme prolongé toutes les deux séries...

Il devenait de plus en plus difficile d'en douter : une panne empêchait les occupants de repartir vers le large et le courant les attirait inéluctablement dans la zone dangereuse. Sans plus attendre, les trois maîtres nageurs mirent le Zodiac à l'eau et se lancèrent courageusement à l'assaut des montagnes liquides. En les voyant manœuvrer, Kevin songea qu'ils n'avaient sûrement pas compté les séries et qu'ils risquaient de se trouver eux-mêmes au mauvais endroit au mauvais moment.

– Ouh là là, souffla Thierry sidéré, mais qu'est-ce qui se passe aujourd'hui ?

L'un des occupants du bateau blanc faisait de grands signes vers le Zodiac, mais la houle, de plus en plus pentue, les cachait fréquemment. Il devint soudain évident que le Zodiac se dirigeait vers les plus grosses vagues d'une série et Joël, plein d'angoisse, serra le bras de Kevin :

– Regarde ça ! Il y a un sacré paquet de mer qui s'amène !

« La quatrième, songea Kevin qui n'avait pas cessé de compter. La plus grosse. » Poussant le moteur à fond, les C.R.S. cherchèrent à obliquer mais ils gravissaient déjà une montagne d'eau de plus en plus verticale.

Tous poussèrent un cri d'effroi en voyant l'embarcation suspendue un court instant dans le vide, sur l'ourlet de la lèvre translucide. Comprenant ce qui les attendait, les maîtres nageurs eurent la sagesse de plonger le plus loin possible de l'embarcation.

Il était temps car, peu après, le Zodiac était propulsé à deux mètres de hauteur par la force circulaire du rouleau !

Voyant cela, les occupants du hors-bord se précipitèrent dans l'eau et aussitôt la plage entière fut en ébullition.

– Vite !

Joël avait bondi vers la Méhari pour prendre sa planche de surf. Il courait déjà vers la grève, bientôt imité par Thierry et Sylvain.

Les C.R.S. mirent un deuxième Zodiac à l'eau, des gens criaient. Le cœur battant, Kevin se tourna vers la route. Sans doute s'attendait-il à voir arriver Bud. Bud qui plongerait aussitôt, Bud le sauveur... Mais Bud n'apparaissait pas.

Tremblant d'émotion, le garçon se retourna vers les vagues ; il les considéra d'un œil nouveau. Aurait-il le courage de les affronter ? Sans doute n'avait-il pas le choix. Il arrivait au point ultime de son initiation. Il se retrouvait seul, sans « maître », face à l'épreuve la plus dangereuse...

Que pouvait-il faire, lui qui n'était pas encore un homme, face à de telles vagues ?

Déjà plusieurs personnes se portaient au secours des naufragés... Au moment où il se persuadait qu'il valait mieux rester sur la plage en sécurité, il vit quelque chose briller entre les vagues. Il ne quitta plus ce point des yeux. Avec les reflets, l'eau turbulente, la mousse, il n'apparaissait que par brefs instants. Mais il se déplaçait sans encombre dans les rouleaux. BUD!

Kevin aurait dû s'en douter! Bud avait perçu le danger, il était discrètement accouru, il nageait déjà vers Floria et ses compagnons, soulevés de plus en plus haut sur les montagnes russes de la houle. En voyant l'Australien, Kevin poussa un cri de joie. Ah! comme Bud nageait bien entre ces hautes vagues qui se fracassaient; pour lui, ce n'était qu'un jeu!

A force de le fixer, il crut le distinguer de plus en plus clairement, son crâne lisse fendant l'écume, ses palmes ondulant comme les nageoires d'une créature marine. Il plongeait avec l'habileté du phoque sous les paquets de mer et réapparaissait de l'autre côté, toujours avec la même fougue. Kevin distinguait son visage, ses yeux rougis, son sourire immuable au milieu des vagues blanches. Si précis, si réel. L'Australien leva sa main, lui fit signe de venir le rejoindre.

Kevin comprit qu'il existait un passage relativement sûr pour parvenir de l'autre côté de la barre, un peu vers le nord; un chenal bouillonnant où venaient mourir les vagues. Bud lui indiquait la voie. Il courut le long de la plage vers le chenal, sans forcer, comme Bud le lui avait enseigné : épaules basses, bras souples, respirant par le nez, il devait se préparer au mieux, se comporter comme si Bud était là, près de lui pour un examen de passage, un rite connu d'eux seuls.

Malgré l'urgence, il s'arrêta un moment face à la mer pour mieux respirer et pour l'observer une dernière fois avant de se mettre à l'eau. Puis il plongea, minuscule, dans la mer en fusion. Dans ce champ de mousse, sa tête émergeait à peine. Par moments, il ne voyait plus ni la terre ni le large... « Surtout ne pas se laisser gagner par la peur », pensait-il. Cela aurait pu être la voix, l'accent de Bud. Mais il parlait dans sa tête. « Ne te laisse pas avoir. Nage avec le courant. N'aie pas peur de lâcher prise, d'aller face au danger, Kevin, les yeux ouverts ! Et surtout... respire... Coule-toi dans l'eau comme une otarie, deviens toi-même liquide... suis la musique... suis la musique... »

A ce moment, Kevin crut entendre un son aigu et modulé. Plus il nageait vers le large, bravant les paquets d'écume, plus cette musique lui parvenait clairement. Stupéfait, il reconnut une mélodie qu'il avait souvent jouée sur sa flûte. Comme si quelqu'un, derrière les vagues, jouait à toute force ! Et la musique le guidait, il lui suffisait de la suivre avec détermination. Tout autour, les vagues devenaient des murailles arrondies, des avalanches d'écume, mais le chenal mena Kevin de l'autre côté de la barre.

La plage paraissait bien loin... La grande houle passait, ronde, turbulente, masses d'eau géantes qui roulaient en douceur sous la peau de l'océan avant d'exploser à l'approche des plages. Les vagues étaient enfantées par le vent, la terre et la mer.

La musique s'était considérablement rapprochée, et Kevin ressentait maintenant un sentiment étrange. On aurait dit une voix plutôt qu'un instrument. Une voix nasillarde et grinçante, élastique et stridente... S'était-il trompé ? Où se trouvait Bud ?

Son corps se glaça. Il eut la certitude que Bud n'était pas dans l'eau comme il l'avait cru. Il se retrouvait bel et bien seul dans une mer beaucoup trop grosse pour lui...

La mélodie se tut. Kevin se fit plus attentif encore, les sens en éveil. Quelque chose s'approchait. Sur un dos de houle, il crut voir une brillance fugace... peut-être ce fameux aileron ?

Il n'avait pas eu le temps d'avoir peur. Le dauphin était apparu, avec sa tête extraordinaire, son museau joueur, sa grande mâchoire garnie de dents blanches, et cet œil roux qui le scrutait... Un dauphin! Il avait donc toujours été là, c'était le fameux aileron aperçu en compagnie de Bud... Le dauphin semblait rire. Il siffla quelques notes, très proches en effet de celles que Kevin jouait sur sa flûte. Se pouvait-il que le dauphin l'ait entendu jouer? Son crâne lisse brillait dans l'eau comme celui de Bud.

Kevin tremblait d'excitation. Il avait toujours rêvé de voir un dauphin, un vrai dauphin, un dauphin en liberté, plutôt que ceux des *marinelands*. Il lui semblait que celui-ci parlait réellement, et immédiatement il éprouva une impression de complicité.

En sa compagnie, Kevin ne risquait plus rien. La mer la plus sauvage devenait un fantastique terrain de jeu. Le cétacé vif et fougueux s'était glissé sous lui. Par pur réflexe, le garçon avait saisi l'aileron gris qui se présentait à lui. Il fut aussitôt entraîné, tracté à bonne allure dans les embruns par une force qui se faufilait entre les flots, qui rebondissait sur la mer... La peau de l'animal était aussi douce que l'eau. Les yeux fermés pour les protéger, épousant les mouvements de la nage, Kevin se sentait envahi d'une joie indicible.

Peut-être était-il en train de rêver?

Un jour d'enfance remonta, incongru, à sa mémoire. Le plein été, l'odeur du blé sec, le bourdonnement des insectes... Il dévalait à toutes jambes la pente d'un grand champ fleuri, et il riait, il riait... Près de lui courait le chien de berger qu'il avait tant aimé.

« Dauphin, emporte-moi au bout du monde. Je te suivrai, dauphin. Je sais que tu es un prince des mers, un sage, un voyageur respecté de tous. Je sais que tu as sauvé bien des vies avant la mienne. Tu es comme un ange venu de la mer. Avec toi tout près de moi, l'océan devient un immense duvet de plumes dans lequel je voudrais me rouler... »

Il existait certainement un lien entre l'Australien et ce dauphin-là. L'image de l'enfant dans le journal lui revint en mémoire.

Le cétacé disparut et le garçon se retrouva comme par magie devant Floria, les cheveux défaits, affolée. Jamais il n'oublierait ce visage, cette âme perdue.

Lorsqu'elle vit Kevin, elle s'illumina de joie, mais la peur s'agrippait à elle, tenace. Son souffle court indiquait qu'elle avait lutté, qu'elle était à bout. Elle nageait de façon désordonnée, elle essayait de crier mais l'eau salée lui brûlait la gorge. En la voyant si désemparée, Kevin douta de ses forces. Jamais il ne serait capable de la ramener. Et le dauphin, où était-il à présent ? L'avait-il imaginé ?

Kevin la rejoignit, bousculé par les turbulences ; ils ne se dirent rien, elle enroula seulement ses bras autour de ses épaules et se mit à pleurer par sanglots courts. Alors, Kevin se sentit investi d'une force surnaturelle, comme s'il avait eu la certitude que rien ne pouvait lui arriver, qu'il était protégé. Il savait Floria capable de nager une bonne distance, mais il fallait avant tout la calmer. Pris d'une impulsion irrépressible, il glissa une main derrière sa nuque et embrassa ses lèvres salées.

– Mais... mais... balbutia-t-elle.

Kevin ne lui laissa pas le temps d'en dire plus. En la serrant contre lui dans l'eau, il retrouva le même contact sensuel qu'avec le dauphin.

– Allez, viens! On nage jusqu'à la plage. Je sais par où passer.

– Mais...

– Tu vas voir, les vagues sont très belles...

Kevin irradiait de joie et de force. Il sentait couler entre lui et Floria un flux d'amour qui le rendait invincible.

– Viens, répéta-t-il.

Elle ne put que céder, reprenant son souffle et sa confiance et se mit à nager à côté de lui.

Une fois de plus, Kevin se laissa guider par la petite musique. Lui seul semblait l'entendre. Il fut déçu que le dauphin ne réapparaisse pas ; pourtant, il le savait tout proche, prêt à les secourir.

Cela ne fut pas nécessaire. Floria nageait maintenant d'une brasse volontaire et, bientôt, ils parvinrent à la hauteur du chenal. Kevin avait scrupuleusement compté les vagues, les séquences ; il compta, recompta, se repérant sur la quatrième vague, et lorsqu'il fut sûr qu'une série s'achevait, il cria à Floria de nager vigoureusement vers la plage. Elle y employa sa dernière énergie.

Dès qu'ils eurent pied, elle se mit debout, chahutée par le bouillon ; Kevin vit qu'elle pleurait doucement. Il la prit simplement dans ses bras tandis que le sel de ses larmes se mêlait au sel de la mer.

Personne ne fut jamais très sûr de ce qu'il advint par la suite.

Grâce au deuxième Zodiac, tous les naufragés avaient pu être recueillis, mais le hors-bord fut pris dans les vagues. Spectacle inoubliable que ce bateau blanc soulevé comme une plume avant d'être précipité brutalement dans le cylindre liquide, broyé entre les crocs blancs des vagues.

Les chasseurs, de leur côté, étaient arrivés en poussant des cris féroces, à la poursuite de Bud. L'Australien traversa la plage presque nu, avec des enjambées de gazelle poursuivie par un guépard, lancé à toute allure vers son seul refuge : l'océan.

Sidérés, Kevin et Floria le virent plonger dans le bouillon

écumant et partir d'un crawl puissant vers le large. Si les chasseurs avaient eu des fusils, ils auraient sûrement tiré. Furieux, ils gesticulaient, se déployant sur la plage en attendant qu'il ressorte de l'eau. Car il faudrait bien qu'il revienne!

Très vite, on le perdit de vue. En observant les séries, Kevin remarqua qu'elles devenaient plus grosses encore. Les vagues ne lui avaient pas paru si redoutables tout à l'heure. La quatrième revenait, prête à tout broyer. Où était Bud dans ce magma blanc? Un instant, Kevin se demanda si les vagues, complices, grossissaient pour mieux couvrir la fuite de l'Australien...

Les chasseurs avaient ameuté d'autres hommes sur la plage et tous se mirent en quête du crâne rasé de Bud dans ces mon-

tagnes en mouvement. Les jumelles noires se pointaient vers la mer telles des armes prêtes à tirer. Les chasseurs étaient décidés à attendre le temps qu'il faudrait. L'un d'eux avait prévenu le Secours en mer et un hélicoptère venait d'appareiller de Bayonne.

Personne ne vit l'Australien.

La plage était noire de monde et l'émotion à son comble. Certains prenaient les chasseurs à partie, les accusant d'avoir poussé l'Australien à la noyade. Dans des vagues pareilles, ses chances étaient bien minces.

L'hélicoptère arriva enfin et tourna longtemps sur le secteur, cet hélicoptère que Bud craignait tant... Trois bateaux fouillèrent consciencieusement la lisière extérieure des vagues. Il demeura introuvable.

Kevin tremblait de tout son corps. Se pouvait-il qu'un homme aussi aquatique, aussi sage, se soit laissé piéger? Près de lui, il y avait la chaude présence de Floria, mais il craignait de voir s'ouvrir un gouffre froid qui ressemblait à la mort. Ses yeux le piquaient d'avoir scruté sans relâche l'océan. Il ne savait plus s'il cherchait le crâne rond de Bud ou bien l'aileron, ce mystérieux aileron qui l'avait secouru. Kevin n'osait parler à personne de sa rencontre avec le dauphin. Peut-être que Bud et le cétacé...

La journée s'écoula comme le sable dans un sablier. Le soir vint trop vite. La mer n'avait encore rejeté aucun corps. Et puis ce fut la nuit et il ne resta plus que l'explosion de l'océan qui n'avait pas faibli, comme pour mieux manifester sa rage. Kevin, entouré de quelques amis, demeura enveloppé dans une couverture toute la nuit, guettant le moindre signe, hypnotisé par la danse fantomatique des vagues phosphorescentes.

Dès l'aube, la plage fut méticuleusement fouillée ; en vain. La mer avait-elle repris Bud pour toujours ? Kevin se refusait à le croire. C'était impossible ; pas Bud !

Quelques heures avant de quitter Hossegor, Kevin était allé, le cœur gros et les yeux lourds de larmes retenues, rendre une dernière visite au bus de l'Australien. Floria ne l'avait pas quitté. Elle sentait le chagrin qui s'accumulait en Kevin, des eaux mouvementées qui menaçaient de rompre les digues. Elle voulait être là pour lui tendre la main comme il l'avait si courageusement fait pour elle la veille.

Le bus était toujours là, sur le bord de la route, meurtri, déserté, et sa vision gonfla le cœur de Kevin d'un émoi confus. Il en voulait de toutes ses forces aux hommes aveugles. En quelques heures, tout s'était brisé.

– Les salauds! Ils ont vraiment tout saccagé!

Floria se laissait gagner par la rage muette de Kevin.

Devant le bus démoli, tristement enfoncé dans le sable, Kevin comprit soudain pourquoi il était venu jusque-là. Sans plus hésiter, il ouvrit la porte coulissante et fouilla durant quelques instants parmi les affaires en désordre. Il retrouva facilement l'enveloppe contenant l'article de journal. Floria s'approcha. Il y avait une douce odeur de serpolet dans l'air.

– Tu sais lire l'anglais, non? demanda Kevin.

Intriguée, elle prit l'article et le parcourut sans rien dire. Ses yeux s'agrandirent de surprise.

– Alors?

– Tu savais que Bud avait un frère?

– Un frère?

Kevin fronça les sourcils.

– Oui, c'est lui, là, sur la photo... C'est un vieil article... C'est parce que... parce que...

Floria fit une grimace, elle ne parvenait pas à annoncer la suite et Kevin crut qu'elle allait se mettre à pleurer.

– Parce qu'il s'est noyé ! lâcha-t-elle finalement.

– Noyé?

– 146 –

Des visions de cauchemar s'emparèrent de Kevin. Il vit le visage de Bud telle une statue de marbre dans les eaux glauques de la nuit. Et le corps désarticulé de son jeune frère tournoyait dans le vide près de lui, dans la mer ou peut-être au fin fond de l'espace.

La voix blanche de Floria le ramena à la réalité :

— C'est terrible... il... faisait de la chasse sous-marine tout seul... On l'a retrouvé par trois mètres de fond, le pied pris dans un vieux filet accroché aux rochers... Et c'est son frère... c'est... Bud qui l'a retrouvé.

Dans la main de Floria, le vieux papier journal s'était mis à trembler.

Et Bud était allé rejoindre son petit frère, songea Kevin, mâchoires serrées. Petit Frère... Little Brother...?

— Il y a autre chose dans l'article, ajouta Floria d'une drôle de voix, relisant les mêmes phrases pour être sûre d'avoir bien compris. C'est incroyable ! Il paraît que lorsque Bud a retrouvé David, on a vu apparaître un dauphin qui, depuis, reste dans les parages et vient à la rencontre des nageurs.

La tête de Kevin tournait... David, le jeune frère, pris dans les filets... le dauphin... les chasseurs...

— C'est merveilleux ! ajouta Floria, les larmes aux yeux.

Kevin, bouleversé, regarda une fois encore le visage de David souriant sur la vieille photo du journal et il vit soudain, en surimpression, la tête du dauphin comme s'ils n'étaient qu'un seul et même être.

ÉPILOGUE

DURANT CES DEUX JOURS DRAMATIQUES, LES DERNIERS DES VACANCES, UN LIEN TRÈS FORT S'ÉTAIT CRÉÉ ENTRE KEVIN ET FLORIA.

Bien sûr, elle vivait dans la banlieue de Paris avec ses parents, mais en moins d'une heure de train elle pouvait retrouver les berges de la Seine.

C'est là que tous deux s'étaient donné rendez-vous : dans le parc du Vert-Galant, à la proue de l'île de la Cité. Deux semaines s'étaient écoulées depuis le départ d'Hossegor et ils ne s'étaient pas encore revus.

– Ç'est drôle de se retrouver ici. Tout habillés, sans la plage...

Floria était encore bronzée. Elle sourit en désignant les pieds de Kevin :

– Tiens, je crois que je ne t'avais jamais vu en chaussures !

– Oui, justement !

Kevin prit un air mystérieux.

– J'ai un secret à te dire à propos de mes chaussures !

– En tout cas, tu as l'air bien plus gai que la dernière fois !

Radieux, il prit la main de Floria et l'emmena tout au bout de l'île, face aux deux bras de Seine qui se rejoignaient et coulaient généreusement sous la passerelle des Arts, entre l'Académie et le Louvre.

Ils s'assirent au bord du quai. C'était l'une de ces lumineuses journées de la fin de septembre ; les feuilles commençaient à se détacher des arbres pour former de fragiles flottilles emportées par le courant.

Tout autour, la circulation bruissait ; les péniches et les bateaux-mouches qui passaient soulevaient quelques vaguelettes.

– Ce n'est pas tout à fait comme la Côte sauvage, n'est-ce pas ?

Floria ne répondit pas ; elle brûlait d'impatience :

– Et ce secret, tu me le dis ?

Kevin plongea dans ses beaux yeux profonds. Il y trouva une âme chaleureuse qui courait à la rencontre de la sienne, il sentit la douceur des soleils intérieurs. Mais il se mit à agiter ses chaussures :

– Tu vois les baskets que j'ai aux pieds ?... C'est ça mon secret !

– Tu te moques de moi...

– Mais non. Pas du tout. Ces baskets, vois-tu, c'est Bud qui les avait dans son sac...

– Bud ? Mais alors... ?

– Je les ai reçues par la poste avant-hier. Et il y avait ça aussi.

Kevin sortit une photo de sa poche. Forme éternelle des vagues. Le tube. Le cœur du rouleau. Une belle petite vague lisse et cristalline, dans laquelle apparaissait la tête hirsute et plissée de Kevin.

– On dirait un bébé en train de naître ! s'exclama Floria.

Kevin tourna la photo. Elle lut l'inscription :

Content que tu aies rencontré Little Brother. Avec lui on n'est plus jamais seul. Même à Paris !

A bientôt dans l'eau !

Bud

– Mais qu'est-ce que cela veut dire ?

– Cela veut dire, reprit Kevin, que Bud est bien vivant !

– Fantastique !

Floria ouvrait de grands yeux.

– Mais… et ce Little Brother, c'est qui ?

Kevin n'avait parlé à personne de sa rencontre avec le dauphin.

Il se contenta de répondre :

– Little Brother… ça veut dire Petit Frère…

Et puis il crut voir un reflet à la surface de la Seine. Comme une forme lisse qui glissait sur l'eau trouble.

Floria prit sa main et une intense émotion les saisit. Elle ne posait plus de questions, émue, troublée. Kevin regarda les reflets de l'eau avec une reconnaissance infinie.

Bud avait dit vrai : il ne serait plus jamais seul.

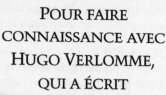

Pour faire connaissance avec Hugo Verlomme, qui a écrit ce livre

OÙ ÊTES-VOUS NÉ ?
H. V. Je suis né à Paris mais ma petite enfance a été bercée par un lieu magique. Hossegor, dans les Landes. Ses plages aux vagues magnifiques ont façonné mes rêves et m'ont inspiré *L'Homme des vagues*.

OÙ VIVEZ-VOUS MAINTENANT ?
H. V. Je vis à Paris mais ma famille et moi sommes aussi un peu nomades. Je n'aime pas voyager en touriste. Je préfère m'installer dans un endroit et y vivre quelque temps. Nous passons parfois plusieurs mois dans notre cabane perchée sur Eagle Mountain, une montagne de Colombie Britannique (à l'ouest du Canada).

QUAND AVEZ-VOUS COMMENCÉ À ÉCRIRE ?
H. V. Quand j'avais sept ans et qu'on me demandait ce que je voulais faire plus tard, je répondais : écrire des livres et aller aux Iles Marquises... J'ai toujours eu la passion de la mer et la fureur d'écrire !

EST-CE QUE L'HOMME DES VAGUES DÉCOULE, MÊME DE LOIN, D'UNE EXPÉRIENCE PERSONNELLE ?
H. V. Pour moi, l'une des plus grandes joies de l'existence, c'est de nager et de glisser dans les vagues avec une planche ou juste des palmes. J'ai beaucoup joué dans les vagues d'Hossegor, que les plus

grands surfers considèrent parmi les plus belles vagues du monde.
Il m'est aussi arrivé de nager en compagnie de dauphins.
Dans ce livre, j'ai voulu transmettre les émotions fortes que l'on
ressent lorsqu'on nage au milieu des rouleaux ou avec un dauphin.

QU'EST-CE QUI VOUS A INSPIRÉ ?
H. V. Depuis longtemps, je me bats pour sauver les baleines et les
dauphins. Avec trois amis passionnés, nous avons d'ailleurs créé
une association – Réseau-Cétacés – destinée à mieux connaître et à
protéger les cétacés.
Les filets dérivants (pouvant atteindre cent kilomètres de long) qui
tuent des milliers de cétacés et de créatures marines m'ont paru être
l'une des forces destructrices de la mer, et les vagues , les dauphins,
comme une force vitale, l'espoir.

VOUS A-T-IL FALLU BEAUCOUP DE TEMPS POUR L'ÉCRIRE ?
H. V. Le sujet me touche de si près que lorsque je me suis mis au
travail, le livre s'est écrit tout seul, en deux ou trois mois.

EST-CE VOTRE PREMIER ROMAN ? EN AVEZ-VOUS ÉCRIT BEAUCOUP ?
H. V. J'ai écrit une dizaine de livres, dont deux sur le surf et la glisse,
ainsi qu'un roman de fiction, Mermere, qui raconte l'histoire des
Noës, des humains très aquatiques qui vivent en mer au contact des
dauphins, et n'ont jamais vu la terre. J'ai aussi publié un livre pour
la jeunesse, *Le Manuel du jeune Robinson*, mais pour l'instant, j'écris
le scénario d'un film fantastique.

ETES-VOUS UN « AUTEUR À PLEIN TEMPS » ?
H. V. Oui. Ce qu'il y a de formidable avec l'écriture, c'est qu'il suffit
d'un peu de papier et d'un crayon, des outils simples et légers , n'est-
ce pas ? Pour moi, écrire est un besoin, un plaisir, et aussi une autre
façon de voyager.

QUEL CONSEIL DONNERIEZ-VOUS À UN ÉCRIVAIN DÉBUTANT ?
H. V. De ne surtout pas se limiter. Comme l'a dit Einstein :
« L'imagination est plus importante que le savoir ! ».

Devant tout ce papier blanc qui ressemble à une plage, je regarde au loin les vagues se dessiner dans mon imagination. Leurs formes parfaites me font rêver. Mais il me faut tout d'abord me confronter à la houle de documents qui submerge ma table à dessin : des magazines de surf truffés de photos éclatantes, des albums aux pages explosant de vagues écumeuses. Au fil de la lecture, et de mes découvertes, me voici maintenant au large. Les épaules brûlées par le rayonnement de ma lampe de bureau, j'attends la série d'idées qui pointe à l'horizon. Elles arrivent ! Je retiens mon souffle, mon pinceau glisse sur la feuille. Relié à ma boîte d'aquarelle par un « leash » souple et résistant, je m'approche pour me placer sous la déferlante.

> MARC LAGARDE
> NOUS RACONTE
> COMMENT
> IL A ILLUSTRÉ
> *L'HOMME DES
> VAGUES*

Et c'est parti ! A peine l'étrave de mon crayon a-t-elle effleuré le papier qu'aussitôt une lame gigantesque se dresse sous mes yeux. Je trace un virage poursuivi par le « tube » de gouache qui gronde, prêt à m'engloutir. Vite, je taille mon crayon pour négocier les idées qui affluent. Mon imagination se brouille, ma main hésite. Je tente un geste audacieux sur le papier. Trop tard, les poils de mon sont secs, je disparais, aspiré dans les profondeurs de ma bouteille d'encre bleue. Un temps, je crois que j'ai touché le fond du flacon. Je remonte à la surface, mon pinceau gorgé de couleur. Le bloc de papier immobile sur la table semble m'inviter à de nouvelles courbes aquarellées.

Du même auteur
dans la collection FOLIO **JUNIOR**

LES INDIENS DE LA VILLE LUMIÈRE
Hugo **Verlomme**
n° 798

Dans les sous-sols de Paris vit une étrange communauté. S'agit-il réellement des anciens Lutéciens ?

❝ – Les égouts... C'est bien ce que je pensais ! lance triomphalement la Taupe. Ça veut sûrement dire que le gamin les a rejoints. Le chien nous mènera droit jusqu'à eux.

Après une course en aveugle, se cognant, bifurquant au hasard des galeries, Stan se retrouve essoufflé, tremblant, blotti dans une obscurité totale, sous une voûte de pierre. Il s'efforce de se calmer pour mieux tendre l'oreille, au cas où les redoutables Guerriers des Ombres seraient à ses trousses.

Il a d'abord couru avec les inquiétants chercheurs de trésors, puis il s'est faufilé dans un trou donnant sur un souterrain en pente. Là, tâtonnant, il s'est caché, tandis que les hordes sauvages passaient en criant.

Il a attendu que tout soit redevenu silencieux pour oser bouger d'un centimètre. Il est tellement heureux de leur avoir échappé qu'il ne se soucie presque plus d'être perdu. Dans l'obscurité il n'a plus la notion du temps. Est-il là depuis cinq minutes ou deux heures ? Il tend les mains devant lui ; ses doigts rencontrent un objet lisse et rond. De quoi peut-il s'agir ? On dirait un ballon en bois avec des trous. Tout près il sent de longs bâtons posés à même le sol. Le bout d'un des bâtons est arrondi. Exactement comme un...

Comprenant ce qu'il est en train de toucher, Stan pousse un hurlement sauvage :

– Au secouuurs !

Des ossements ! Un crâne !

Il est accroupi dans une niche de pierre au milieu d'ossements humains... Il bondit hors de sa cachette, se cognant la tête au passage, désemparé, s'imaginant déjà poursuivi par les fantômes des catacombes.

Son hurlement se répercute dans les galeries. Lorsque Cléo l'entend, elle devine qu'il s'agit de Stan et craint le pire. Il peut être tombé dans un puits, avoir rencontré les Guerriers des Ombres, il peut s'être blessé dans le noir... **99**

Loi n° 49-956 du 16 juillet 1949
sur les publications destinées à la jeunesse
ISBN 2-07-051525-7
Dépôt légal : février 2002
1er dépôt légal dans la même collection : septembre 1997
N° d'éditeur : 06652 – N° d'imprimeur : 91635
Imprimé en France sur les presses de l'Imprimerie Hérissey